英語本色
翻轉港式英語發音

OXFORD
UNIVERSITY PRESS
牛津大學出版社

OXFORD
UNIVERSITY PRESS

Oxford University Press is a department of the University of Oxford.
It furthers the University's objective of excellence in research, scholarship,
and education by publishing worldwide. Oxford is a registered trade mark of
Oxford University Press in the UK and in certain other countries

Published in Hong Kong by
Oxford University Press (China) Limited
9/F, One Kowloon, 1 Wang Yuen Street, Kowloon Bay,
Hong Kong

1 3 5 7 9 10 8 6 4 2

ISBN: 978-0-19-098594-3

目錄

曾鈺成序

　　香港大多數人的母語是粵語,「港式英語發音」就是粵語化了的英語發音。例如 bit、bid、beat、bead 幾個字,讀音本來各有不同,但很多香港人都會把它們一律讀成「必」,因為粵語裏的元音沒有 /iː/ 與 /ɪ/ 之分,結尾輔音也沒有送氣與不送氣之別。又例如粵語沒有輔音 /r/,只有比較接近的輔音 /w/,所以常常會聽到人們把 ray 讀成 way,把 tree 讀成 twee。

　　除了音素的讀法之外,說話的聲調也是港式英語的特點。粵語沒有 (或者很少用) 輕聲;同一個字,不論用作「虛字」或「實字」,不論出現在句子裏的甚麼位置,讀法都沒有分別。但英語發音卻有所謂「強音節」與「弱音節」之分:同一個字母組合甚至同一個單音節詞,作為強音節和弱音節時可有不同的讀法。例如 to and fro 裏的 to 讀作 /tuː/,但 I'd like to go 裏的 to 要讀 /tə/,I'd like to ask 裏的 to 又要讀 /tu/。這些變化,以英語為母語的人會覺得很自然,不用費勁便掌握得到;但香港人說慣了沒有強弱音節之分的粵語,就容易忽略了在英語中兩者的區別。單音節詞 pet 和 face 人人會讀,但很多人可能沒有留意,carpet 和 surface 的正確讀法,不是 car + pet 和 sur + face。

　　有些人或會認為,香港人說英語帶點香港口音,沒有甚麼大不了:新加坡人、印度人、菲律賓人都以英語為他們的日常用語,他們說的英語又何嘗不是帶着新加坡口音、印度口音、菲律賓口音?只要說得流利,讓懂

英語的人聽得明，不就可以了嗎？有這種想法的人，大概不會覺得有需要花氣力去改變港式英語發音，也就不會覺得有需要花時間去看這本書。

不過，你既然打開了這本書，並且讀到這裏仍願意讀下去，這就證明你對這本書提出的問題並不是毫無興趣。事實上，我相信有很多帶着港式口音說英語的人，並不是故意要保留港式口音，或者以為自己的港式口音理所當然，甚至值得驕傲；他們不是不願意去掌握更準確的英語發音，只是缺乏識別和排除「母語干擾」的能力，或者因為一直跟着帶港式口音的老師學英語，習非成是。

要翻轉港式英語發音，掌握英語本色，是有些竅門的。如果你是正在尋找這些竅門的英語學習者或者英語教師，你會發現這是一本有趣又有用的參考書。

作者序

　　今天動手寫一本關於英語發音的書，尤其是側重英式英語發音，好像有點不合時宜。學術界十多年前年出現 World English 一詞，已經把英語看為一個全球的語言財產，打破單一「標準英語」的概念；今天，World English 概念更發展成為複數的 World Englishes，即對不同地域或種類的英語給予相同的地位，例如對新加坡英語不再有負面的標籤；這背後固然包含了學者的思維，但我仍然覺得對香港人來說，今天卻是重新重視英語發音的關鍵時刻。

　　曾幾何時，香港的中小學是相當重視教導英語發音的，八零年代中我在一所師範學院開展英語教師培訓工作，那時候主修英文的師範生每一星期都要上一節語音學課，要全部掌握國際音標（IPA: International Phonetic Alphabet），還要學習一些語音學的概念，例如 word stress、sentence stress、rhythm、intonation 等；實習時在課堂中的發音水平，亦是評核的重點，所以當年雖然沒有英語教師基準試，但我可以肯定地說，大部分英語教師的發音，都足以作為學生的典範。還有，當年的英文教科書，每一章都必有一個環節幫助學生學好發音，例如 bed 和 bad 的分別、怎樣分辨 /v/ 和 /f/、th 出現在單字時的可能讀法、Yes/No question 和 Wh-question 應該分別以甚麼語調說出等等⋯⋯教師一般不會略去不教，而朗讀（reading aloud）亦是校內和公開口試必考的部分。所以整體來說，不論教師或學生，對英語發音都相當重視。那時候還有大學校外課程和民間組織開辦專門的英語發音班呢！

　　但是隨着主權移交，人們對英語發音的重視慢慢退卻。學校的英語教學中，發音這環節變得可有可無；今天中學畢業生查字典時懂得利用國際音標讀出生字的百中無一；一個英文系畢業生可能從沒修讀過語音學；英語教師語文基準試，口試卷中考核發音的部分是朗讀，這部分在過往十年的合格率從沒高過百分之六十。

　　發展到今天，港人的英語發音水平每下愈況，政府高官愈來愈沒信心以英語應對傳媒，以致名記者褚簡寧也埋怨愈來愈難請到高官上英文電視台接受訪問。而電視台的廣告片，廣告商隨時以過百萬製作的短片，卻經常把品牌的英文讀得不倫不類。1967 年港大學生會會長、香港英語教學元老詹德隆先生年前便曾經慨嘆：「作為一個英文系學生，我經常感到奇怪，人們無法分辨 sheet 和 shit 的讀音，所以當剛才 X 博士提到 'Do you know how many sheets (shits) in my group?'，我 ……」，他取笑的正是一個以英語演講的講者。至於日常聽到的發音問題，更是數不勝數了。（詳情可瀏覽：https://www.facebook.com/HKUFinalDefence/posts/1702443516657138。）

　　也許有人會問，這有甚麼問題啊？語言用來溝通，互相明白便可以了。（這也解釋了為甚麼一些教育界的人把這現象歸咎於傳意教學法。）當然，那天我在快餐店聽到一位媽媽催促五歲兒子 'it your foot, it your foot'，我可以猜想她的意思是 eat your food；又當我觀課時聽到老師請學生 'take out a shit of paper'，我也可以猜到他的真正意思是 take out a sheet of paper。如果肯花一點心思掌握

ship 和 sheep 的分別、bed 和 bad 的不同、foot 和 food 分別在哪裏⋯⋯這樣不僅能掌握更準確的發音，更能準確地表達自己的意思，又何樂而不為呢？況且發音不準，後果可大可小，例如某立法會議員就是讀不準 best 一字，以致當要說 'I'll try my best' 時，卻連續說了數次 'I'll try my br—st'。英語發音標準與否，的確影響別人對你的觀感。

對我個人來說，要搞好發音，還是一個對語言的態度問題：我喜愛英文，所以不容許自己對發音馬馬虎虎。

本書的一百篇文章中，一部分包含了我從事英語教學和英語教師培訓多年收集得來的香港人常見的誤讀，一部分介紹了一些英語語音學的基本知識，希望可以幫助讀者把英文說得更地道、更悅耳。

說到悅耳，本書談到的讀音主要是以英式讀音為準，間中觸及美式發音，這當中固然有感情因素：自從中三時在電影《窈窕淑女》中聽到 Professor Higgins 的英式 Received Pronunciation 後，便著了迷，雖然日後接觸到美式英文時因為要表示「潮」而曾經模仿美式口音，但始終很快回歸英式發音的懷抱，因為覺得它典雅。如果要明白和感受這英式發音的典雅，只要聽聽香港終審法院首席法官馬道立的法律年度演辭，便會立即明白。

本書符號使用説明

1　本書為英文單字標音時，採用的是以國際語音學學
　　會（International Phonetic Association）頒佈的國際音標
　　（International Phonetic Alphabet）為基礎，而廣泛用於
　　英語字典及英語語音學專書的一套注音符號。整套符
　　號可參閱英文版 *Oxford Advanced Learner's Dictionary*，
　　或《牛津高階英漢雙解詞典》（第 9 版，頁 R47）。

2　除非特別聲明，單字的注音以英式讀音為主。

3　本書提供錄音以便讀者參考單字、短語以及句子的正
　　確讀法。讀者可以通過掃描每一章節中的二維碼獲得
　　錄音，並同時會有錄音文本照。

4　本書就單字的注音，間中也許和個別英語字典中找
　　到的有細微的分別，例如有字典會把尾音節 /-ɪ/ 標成
　　/-i/；用 syllabic /n/ 符號代替 /-ən/；將尾音節 /-əl/ 的 /
　　ə/ 縮小以表示可省去；或注輕音節時把 /ə/ 和 /ɪ/ 交替
　　使用。由於人們就單字的發音往往有輕微的分別，故
　　此不同字典和書籍就個別單字的注音，也經常有細微
　　的差別。

5　在個別音節注音前或後出現連字符號（hyphen），表
　　示該音節前或後有其他音節。

6　討論多音節詞的重音模式時，會在原字中用英語句號
　　（full stop）去表示音節劃分。重音節以大楷表示，輕
　　音節以小楷表示。

7　本書引述個別英文字母時，會採其大楷寫法。

8　本書用 * 表示錯誤發音。

9　在需要為引述中文字的粵語讀法以和英文讀法作比
　　較時，所採用的標音法是「粵拼」。粵拼方案可參閱
　　https://www.lshk.org/jyutping。

無處不在
Everywhere language

1 媽咪在快餐店催促小男孩 eat your foot

　　某日早上，我在快餐店吃早餐，鄰桌的媽咪不斷催促她的小男孩快點把早餐吃完。她大概和一些家長的想法一樣，希望兒女從小多聽英文，但她對小男孩說的不是 Eat your food，卻是 *It your foot!。Eat 說成 It 固然不對，但這一篇先集中討論 foot 和 food 的分別。

　　沒錯，如果把 food 結尾的輔音（consonant）/d/ 說得清楚，也會幫助聽者聽得出是 food，但除非是讀單字，否則在日常對話中我們不會強調這個尾輔音（final consonant）/d/，於是真正讓人區分 foot 還是 food 的是發音長度。Foot 的元音（vowel）是 /ʊ/，是短元音；Food 的元音是 /uː/，是長元音。（除了長度，/uː/ 和 /ʊ/ 還有其他分別，但最明顯的仍是長度。）

　　除 /uː/ 和 /ʊ/ 外，英語還有幾組元音，也是長短相對的，這幾組元音在下面的文章再談。由於粵語和普通話的韻母沒有長短之分，於是我們說英語時，也很容易墮入長短元音不分的陷阱。

　　那麼，怎樣從單字的串法，推敲出應讀 /uː/ 還是 /ʊ/？Foot 和 food 的元音都是串作 oo 啊！

　　一般來說，單字中元音串作 oo 的，多讀 /uː/，例如：

　　boo, boot, coo, cool, fool, hood, loo, moon, noon, poo, pool, room, root, soot, soothe, too, tool, woo, zoo.

🗨 語音術語話你知

　　元音（vowel）：聲帶振動，氣流在口腔的通路上不受到阻礙而發出的聲音。
　　輔音（consonant）：發音時氣流通路有阻礙而形成的音。

但是也有例外的，請看看右面的海報，裏面的 good 和 mood 是否也是以 /uː/ 為元音？

原來 mood 的元音是 /uː/，good 的元音卻是 /ʊ/，所以不要把 good 拉長來讀啊！其餘串法中含 oo，但卻讀作 /ʊ/ 的例子有 wood、woof、wool 和 woolen。這些例外的單字只能靠死記了。

/uː/ 除了可串作 oo 外，這個元音也出現在很多其他的串法中。現在就請你研究一下小實驗中其他的例子。

小挑戰

下面各個單字的元音，可能是 /ʊ/ 或者 /uː/。試找出元音是 /uː/ 的單字，並以準確的元音長度讀出各個單字：
could, do, lose, put, route, shoe, shoot, soot, suit.

2　説 Don't seat 對不對？

你也曾在公眾地方見過寫成這樣的告示嗎？

我常常想，把 sit 串作 seat 這常見的錯誤，究竟是因為人們沒有搞清楚兩字的詞性（sit 是動詞，seat 是名詞），還是因為他們分不清 sit 和 seat 的發音，於是來一個「我手寫我口」，兩字不分？

粵語和普通話的韻母都沒有長短之分，就以粵語韻母 i 為例，説「必、薛、列、天、先⋯⋯」，音節（syllable）的長度大致相同，不會有些字的韻母特別長，但試比較下列兩組英文單字的讀音：

第一組：元音 /ɪ/	第二組：元音 /iː/
grin	green
hid	heed
it	eat
rid	read
ship	sheep
sit	seat

如果讀得準，會發現第二組字的發音明顯較長。香港人常見的錯誤，就是第一組讀得不夠短，第二組又讀得不夠長！

💬 語音術語話你知

音節（syllable）：由一個或幾個音素組成的語音單位。

不掌握好 /ɪ/ 和 /iː/ 的長度，會帶來歧義，例如 teen 說得不夠長，便像在說 tin；而 bin 說得不夠短，便像在說 bean；如果 live 和 leave 不分，便不知道在說「居住」還是「離開」。A sheet of paper 中 sheet 說得不夠長，便變成 *sh-t。（我經常叮囑英語教師要小心這個字，因他們經常吩咐學生把答案寫在 a sheet of paper 上。）

至於 /ɪ/ 和 /iː/ 的通常串法，從上面的例子可見 /ɪ/ 通常串作 i，而 /iː/ 通常串作 ea 或 ee。但也有例外的情況，下面談談其中幾個：

1 Peter 的首音節多數人都能正確地發 /piː/，但 Stephen 的首音節原來也要用長元音 /iː/ 來讀，即 /ˈstiːvən/。

2 Jill、Kitty、Linda、Minnie、Winnie 等名字中的 i 的確讀短元音 /ɪ/，但 Lisa、Rita 和 Tina 中的字母 i，卻是讀長元音 /iː/。

3 Physics（物理）的首音節 phy- 中 y 讀短元音 /ɪ/，不要像一些中學生一樣，把 phy- 拉長來讀啊！

4 Police 的第二個音節雖然串作 -lice，但 -i- 在此處卻是長元音 /iː/，即 /pəˈliːs/。

小挑戰

Women 的首音節是 /wɪ/ 或是 /wiː/？

3 為甚麼漫畫中常把 got to 串作 gotta？

漫畫中常出現 gotta，從語境中不難猜到是 got to 的意思，例如 It's getting late; I gotta go（或 I've gotta go），但為何會這樣寫？

漫畫的對話通常是「我手寫我口」，原來在日常對話中，英美人士的確常把 got to 說成 gotta，例如：

1　I/I've got to stay longer.
　　→ I/I've gotta stay longer.
2　You/You've got to do it again.
　　→ You/You've gotta do it again.
3　He's got to（He has got to）leave now.
　　→ He's gotta leave now.

從串法中，我們不難猜到 gotta 中的 -ta 應讀成輕聲的 /tə/，就像 better 和 faster 的第二個音節。但 to 的發音明明是 /tuː/，為何會變成 /tə/？

To 是功能詞（function word），它本身沒有甚麼意義（不要想成「去」的意思），主要用來配合文法的需要。而像 to 這類功能詞，在日常口語中往往以弱讀式（weak form）說出，to 的弱讀式是 /tə/，所以 got to 說成 /'gɒtə/ 並且串成 gotta 是順理成章的。

了解這原因，便不難明白日常口語中的 want to 為甚麼常被串作 wanna，因為英美人士真的會把 want to 說成 /'wɒnə/，例如：

1　I want to be free.
　　→ I wanna be free.
2　You want to stay longer?
　　→ You wanna stay longer?

💬 語音術語話你知
弱讀式（weak form）：某些單字在非重讀時的發音方式。

3　They want to listen to it again.
　→ They wanna listen to it again.

　Want to 既然讀作 /'wɒnə/，那麼串作 wanna 便不難解釋了。還值得一提的是 want 的尾輔音 /-t/ 在 wanna 中被完全省略，這也是日常對話中常見的現象。

　和 wanna 情況相似的，還有 gonna，例如：

1　I'm going to tell you.
　→ I'm gonna tell you.
2　We're going to leave now.
　→ We're gonna leave now.
3　She's going to feel unhappy.
　→ She's gonna feel unhappy.

　由 going to 變為 gonna，中間的變化真不少啊！Going 縮略為 /gɒn/，to 的元音變為弱讀式的 /ə/，然後 /gɒn/ 和 /ə/ 合併成為 /'gɒnə/！

　當然，在嚴肅的場合中，不會使用 gonna、gotta、wanna 等說法，而且除非要強調 to 一詞，否則仍應該以弱讀式的 /tə/ 說出 to。

小實驗

試分別用嚴肅及輕鬆的方法說出：

1　I got to see you again.
2　I want to dance all night.
3　I'm going to get a new car.

4　/k/ 音無處不在

　　說到帶有 /k/ 音的單字，我們首先想到的是含字母 K 的單字，例如：

back, Kate, keep, kick, king, luck, ink, sick.

隨之想到的，就是含字母 C 的單字，例如：

cake, clean, cool, cure, disc, music, topic, zinc.

　　但原來英文單字中很多串法都包含 /k/ 音，一不小心，就有可能讀錯。例如 ch，我們提到 ch 音，通常指像 chain、chair 和 choose 中 ch 所代表的 /tʃ/ 音；但 ch 也代表 /k/ 音，例如 architect、archive、chasm、chemist、choir、chronic 和 orchid，所以 stomach 的尾輔音千萬不要讀成 */tʃ/，要讀 /-k/。另一個類似的例子是 ache，有時會聽到有人誤讀成 */eɪtʃ/，但原來這以 -che 結尾的音，也要讀成 /-k/，那麼 ache 就該讀作 /eɪk/。

更少受到注意的是字母 X。字母 X 在單字中經常代表 /-ks/ 音，只不過這個 /k/ 音通常不完全發出來。例如單字 six，我們看不見字母 K，但如果我們讀得準，即讀 /sɪks/，結尾部分原來暗藏了 /k/ 音。如果漏掉了這個音，讀出來的就變成了 */sɪs/，完全不像樣，其他的例子有：

appendix, axe, box, complex, index, matrix, mix, relax.

X 出現在單字中間而又包含 /k/ 音的例子也不少，經常有人把 taxi 讀得像 *TE.si，這就忽略了中間的 X 所包含的 /k/ 音，應讀作 TAK.si，即 /ˈtæksi/。其他的例子有：

auxiliary, axis, except, exercise, luxury, maxim.

除了 k、c、ch、x，/k/ 音也以 /kw-/ 讀法出現在有 qu- 的單字中，例如 quick 和 quiet 起始的 qu-，都讀 /kw-/，所以 quick 讀 /kwɪk/，quiet 讀 /ˈkwaɪət/，其他的例子有 equal、quaint、quartz 和 queer。不過有兩個不依循這規律的單字要特別小心，一個是 queue，前面 qu- 部分不讀 */kw-/ 而讀 /kj-/，所以 queue 應讀作 /kjuː/；至於 quay（碼頭），讀音竟然是像 key 一樣的 /kiː/！

當然最「惡搞」的還是單字中有大大一個字母 K，而這 K 卻是不發音的，像 knack、knee、knew、knight、knock 和 know。

5 不要把 Janet 讀成 Jeanette

曾經有一段時期，不少香港人會把 Janet 讀成 Jeanette，這其實是因為他們誤將重音放在第二個音節。近來已較少人犯這個毛病，不過仍要注意，

Janet 的第二個音節是 /nɪt/（或 /nət/），而不是 */net/。Janet 應讀作 /ˈʤænɪt/，Jeanette 則是 /ʤəˈnet/。

其他容易放錯重音的例子還有 lavender，看這個字的結構，很容易讓人以為重音在第二個音節，即 *LaVENder，但原來重音在首音節，正確讀法是 /ˈlævəndə/。

英文名字的讀音和串法固然有關，但仍要留意一些特例，例如英文單字中的 I 多發短音 /ɪ/，就像 big、lid、pitch 和 sit，英文名字中的 Bill、Jill、Kim、Tim 和 Winnie 都符合這個規律，但是 Lisa 和 Rita 的 I 卻要發長音的 /iː/，即 /ˈliːzə/ 和 /ˈriːtə/。

再來說說 O，Fiona 和 Rosa 都是香港女孩子喜歡用的英文名，但 Fiona 的第二個音節很容易被誤讀，很多香港人會讀作 */ɒn/，即像 *on，但其實這部分應讀作 /əʊ/，正確讀音是 /fɪˈəʊnə/；至於 Rosa，首音節應讀作 /rəʊ/，全字是 /ˈrəʊzə/。不過英文姓名的來源多樣，也不能說這兩個港式讀法是錯的。

　　至於下面的例子，則顯示英文名的串法不同，讀音卻相同！

1　Geoffrey, Jeffrey = /ˈdʒefrɪ/
2　Frances, Francis = /ˈfrɑːnsɪs/
3　Teresa, Theresa = /təˈriːzə/

　　我們固然可以嘗試根據名字的串法推敲出讀音，但有時候也有微妙的地方，例如 Howard 中的 W 不發音，所以應讀作 /ˈhaʊəd/。再來對比 marry 和 Mary，原來是有區別的，marry 的首音節是 /mæ/，全字是 /ˈmærɪ/；而 Mary 的首音節是 /meə/，全字是 /ˈmeərɪ/。還有看似串法有關，卻讀音不同的例子，比如 Leonard 的首音節其實和 Leo 串法全無關係，應讀作 /ˈlenəd/。

　　再談另一個男生的英文名 Alex，有人把首音節讀作 /æ/，即和 Alice 首音節相同，但也有一些人讀首音節時發音像「鴉」；原來兩個讀法都可以，這也是和它的起源有關。

　　最後不得不提，不要把 Elaine 讀作 *「易拎」啊！正確的讀法是 /ɪˈleɪn/。

小實驗

請一位男生迎娶 Mary，你會怎樣說 'marry Mary'？

6　Second FLOOR 還是 SECOND floor？

大部分香港公共地方的升降機在運作時都有雙語廣播，內容包括提示乘客剛抵達的是哪一樓層。你有沒有留意過，常聽到的聲音有兩個？一個是外籍女士的，另一個是香港女士的，兩人在提示抵達樓層時的重音有以下區別：

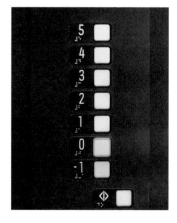

外籍女士：SECOND floor；THIRD floor；FOURTH floor……

外籍女士：Second FLOOR；Third FLOOR；Fourth FLOOR……

外籍女士讀 floor 時讀得較輕，這是為甚麼？

原來每個英文單字都有它原本的重音模式，例如 first、third、floor 等都是單音節詞，基本上都重讀，但是 second、seventh、eleventh 等多音節詞（polysyllable），每個字當中便有重音和非重音之分，例如：

se̲cond, se̲venth, e̲leventh.

但是當單字用於短語（phrase）和句子時，重音的處理便起了變化。在短語和句子中，重音的音節以較大音量和（或）較高音調（pitch）呈現。而決定整個句子中各音節的相對音量和音高，取決於：

🗨 語音術語話你知

多音節詞／複音節詞（polysyllable/multisyllable）：有兩個以上音節的單字。

音調（pitch）：聲音的高低，由發聲體振動頻率的高低決定。

1　各單字本身的重音模式；

2　句子要強調的部分。

在短語 first floor、sixth floor 當中，floor 是主詞（headword），需要給予適當的重音，而 first 和 sixth 是資訊的重要部分，同樣要給予適當的重音。所以如果告訴別人自己住在七樓，英式說法是：

I live on the SIXTH FLOOR.

升降機在地下（ground floor）開始升至二樓、三樓、四樓⋯⋯播音員不是要告訴乘客升降機在哪裏，播音重點在哪一層，於是要強調的是 second、third 這類資訊，所以 floor 可用較輕音讀出。

但是如果你留心聽外籍女士的播音，就會發現當升降機下降至地下時，她卻會說 Ground FLOOR！這是因為相對其他樓層，地下是目的地，不用再強調是哪一層，就可以用回「正常」的重音模式。

小實驗

試根據句子中標注的重音，讀出下面的對話：

A　So, you LIVE on the SIXTH FLOOR.

B　Oh, I DON'T LIVE on the SIXTH floor; I LIVE on the FIFTH floor.

7 「講數」也要講得準確

香港人説英文數字的單字，一般説得不錯，但有一些細微的地方，還是需要注意。

先説 three，正確的發音是 /θriː/，起始輔音 /θr-/ 是英語極少出現的輔音連綴（consonant cluster），而且也不易發出，怪不得一些英國人乾脆讀成較易發出的 *free，一些新加坡人則把 three 讀成 *tree！

數字 five，注意尾輔音是 /-v/，不是 */-f/，這情況和 seven 相似，seven 的第二個音節是 /-vən/，不是 */-fən/。同理，eleven 的尾音節不是 *「墳」，是 /-vən/。

至於 nine，發音練習書喜歡把它和 line 比較，並且和 lame vs. name、lick vs. Nick、lit vs. knit、low vs. no 等作為練習素材，以幫助學習者分辨 /l/ 和 /n/，記得小學時的確有同學把 nine 説作 *line，但近年似乎很少出現這誤讀。

💬 語音術語話你知

輔音連綴（consonant cluster）：一個以上的輔音的組合。

　　Twelve 和 twenty，一些香港人掌握不到 /tw-/ 這部份，把前部分說成像 ch 音的 /tʃ/，其實只要練習發單獨的 /t/，然後發單獨的 /w/，然後把它們連起來讀，便已經是正確的 /tw-/ 了。

　　至於序數詞大部分都是以 th 結尾，例如 fourth、fifth、eleventh、twentieth 和 twenty-sixth，這結尾的 th 都讀 /θ/，不要偷懶，讀作 */f/。這 th 在 thousand 一字中也出現，所有的字典都把首音節 thou- 標音為 /θaʊ-/，全字是 /'θaʊzənd/，但有趣的是不少母語是英語的人士，都把首音節讀作古老單字 thou 的 /ðaʊ/，看來字典也要收納 /ðaʊzənd/ 這讀法了。

　　最後一提，你也許覺得美國人讀 twenty、thirty、forty、seventy、eighty、ninety 時，尾音節的 /t-/ 有點像 /d-/，原來你沒有聽錯，當然這 /d/ 音比完整的 /d/（例如 dog、deck、dim）較輕；但美國人說 fifty 和 sixty 時，-ty 部分卻用回原來的 /t/ 音，這背後涉及系統性的變化，詳情要查閱語音學專書了。

小實驗

Eleventh 一字有三個可能讀錯的地方，即 eleventh，試跟從錄音準確地讀出 eleventh。

8 Handbag 可以讀成 'hambag' 嗎?

Handbag 的首音節明明是 hand(/hænd/),讀成 'ham' 難道不是誤讀嗎?

原來在語速較快的日常對話中,這種現象經常出現。發音變化主要因為鄰近的發音互相影響。Handbag 的第二個音節 bag 的起始輔音是 /b-/,是雙唇音。説 handbag 説得快時,hand 的尾輔音 /-nd/ 還未及時發出,説話者意識上已跳到 bag 的雙唇音 /b-/,於是不知不覺用雙唇音的方式發 /-nd/,就變成了 /-m/,所以 hand 變作 'ham',handbag 變作 'hambag'。這樣的處理不但不算錯,在語速較快的日常對話中極為常見。

這也解釋了為甚麼沒人會把 handkerchief 讀成 'hand+kerchief',而是把 hand 讀作 'hank',因為緊隨的音節 ker 以 /k-/ 音開始,如果你執意把 handkerchief 中的首音節讀作 hand,會發覺發音器官變得忙亂不堪。同樣,uncle 之所以讀 /ˈʌŋkəl/ 而不讀 */ˈʌnkəl/,也是很有道理的。

這個相鄰的音素彼此影響的現象,語言學稱為同化 (assimilation)。原來這個現像在任何語言中都會出現,之前去大阪旅行,乘地鐵時發現「日本橋」站的英文串法不是想像中的 'Nipponbashi',而是 Nippombashi。

日語中「日本」不是串作 Nippon 嗎?但如果想到 handbag 為甚麼讀成 'hambag',那麼便不難明白為甚麼串成 Nippombashi 了。後來我發現其他以「橋(bashi)」命名的地鐵站,英文串法都有類似現象。

🗩 語音術語話你知
　　同化(assimilation):相鄰的音素彼此影響的現象。

　　上面的例子都是單字，但其實在句子中單字與單字之間也會產生類似的影響，例如：

1　can go → cang go　　2　good boy → goob boy
3　good girl → goog girl　4　ten boys → tem boys
5　that pig → thap pig　　6　white book → wipe book

　　當然，這些發音變化不用於語速較慢或小心地說話中，英文老師為學生進行默書時，還是跟從原來的讀音吧！

小實驗

試以下列兩種不同讀法讀出 goodbye 一字。

1　小心的讀法；
2　同化讀法。

9　Mother 不是「媽打」

　　母親的日常叫法是「媽媽」或「媽咪」，於是不少香港人把 mother 的首音節也讀成 *「媽」。這也難怪，我們寫港式粵語時，也會寫 *「媽打」呢！

　　港式粵語中還有 *「巴打」，即兄弟（brother），同樣因為不少人讀首音節的時候，把元音讀成 */ɑː/，甚至同時漏掉 bro- 當中的 /r/。

　　這個誤讀涉及元音 /ʌ/ 和 /ɑː/ 的區別，粵語中的「媽」和「巴」，韻母是 aa，和英語的元音 /ɑː/ 類似，但原來 mother 和 brother 的首音節的元音是 /ʌ/，所以 mother 應讀作 /ˈmʌðə/，而 brother 應讀作 /ˈbrʌðə/，不要拉長來讀啊！

　　英語中 /ʌ/ 相對於英語的 /ɑː/ 和粵語的 aa，是短元音，在香港經常出現元音長短不分的誤讀，例如讀 young 時讀得太長，聽起來便像 */jɑːŋ/，正確讀法是 /jʌŋ/。那麼用英文說「年輕的母親（young mother）」你會怎樣說？

說到這裏，我卻要還香港人一個公道，young 一字的元音字母由 ou 組成，而親屬詞 cousin 的首音節也包含 ou，但很少香港人會誤讀成 */ˈkɑːzɪn/。

和 mother、brother 的首音節讀得過長相反，說到 father 時，通常聽到的誤讀卻是首音節讀得不夠長，father 首音節核元音是長的 /ɑː/，所以要讀作 /ˈfɑːðə/。

再說回「媽咪」這一稱呼，英文是 mum、mom 或 mommy，香港人讀這幾個字一般都沒有問題。如果要有禮貌地尊稱別的女性時，可以叫 Madam，通常可縮略為 Ma'am，正確的讀法是 /mæm/，香港外籍家傭稱女主人為 /mɑːm/ 或 /məm/，這省略讀法也勉強可接受。如果要有禮貌地尊稱男主人時，則可以叫 Sir。

最後不得不提，Dad 的讀法雖不涉及 /ʌ/ 和 /ɑː/ 的區別，但也不要忘記正確的元音是 /æ/，如果偷懶讀成 /e/，那就變了 dead！這可有點「大吉利是」了！

小挑戰

親屬詞 nephew 中的 ph 應讀作 /f/ 還是 /v/？

答案：兩者皆可。

10　不要讀錯 another 和 other

上一篇談及 mother 和 brother 的首音節，元音都是 /ʌ/，而不是 */ɑː/。再小心觀察，便會發現兩字首音節的串法也都包含字母 O。如果我們留意這個串法和讀音的關係，便會發現香港人將 other 的首音節和 another 的第二個音節讀作 */ɑː/，也是很普遍的誤讀。

和 mother、brother 一樣，other 的首音節和 another 的第二個音節都包含元音 /ʌ/，分別讀作 /'ʌðə/ 和 /ə'nʌðə/。以此類推，不難明白為甚麼 government 的首音節不是 *「家」，正確讀音為 /'gʌvəmənt/。這也是為甚麼 oven（焗爐）一字要讀成 /'ʌvən/，而不是 */'ɒvən/。

由上述例子總結推斷，會發現元音 /ʌ/ 在單字中常串作 O。

還有另外一種常見情況，元音 /ʌ/ 也出現在串作 _o_e 的單字中，例如 glove、love 等。曾經有一個宣傳潔膚產品的電視廣告，廣告的旁白把品牌 Dove 的元音讀得像粵語的 *au1，聽起來像 *「兜」。後來廣告再度出現時，仍然誤讀成類似粵語的 *deu1，其實只要把 Dove 和 glove、love 對比一下，便知道 Dove 應讀作 /dʌv/。

這個 _o_e 的串法，也出現在 above 一字中，但不少香港人會聯想到 about，把 above 誤讀成 */ə'baʊv/。其實 above 中的 _o_e 部分，和 Dove、glove、love 中的 _o_e 沒有區別，所以 above 應讀作 /ə'bʌv/，而 about 則是 /ə'baʊt/。

　　那麼可否認為但凡單字中有 _o_e，都要讀作 /ʌ/？那也不一定，_o_e 的另一種讀法是 /əʊ/，例如：

clothe, drone, lobe, probe, rove, wove.

　　所以遇到一個包含串法 _o_e 的單字時，如果要準確地知道它的讀法，還是要乖乖地查字典，找出正確讀音。例如 shove，字典會「告訴」你正確讀音是 /ʃʌv/，而不是 */ʃəʊv/。

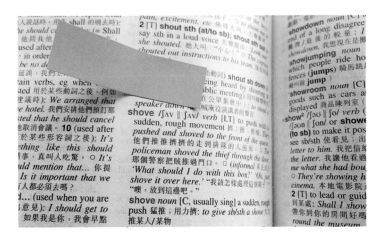

小挑戰

大埔船灣淡水湖的英文名是 Plover Cove，應該怎樣讀？

11　Outside 和 fat boy 中間的 /t/ 讀不讀？

**Do not eating or drinking
outside purchased
food or beverage
within our restaurant**

　　老師有時會在學生朗讀文章前，提示學生不要漏掉單字的尾輔音，但其實單字的尾輔音是否一定要讀出呢？例如上面告示中 outside 中間的 /t/，還有 purchased 的尾輔音 /d/，是否都要讀出呢？

　　大部分情況下這些尾輔音是不能省略的。我們讀 church 時，不會漏掉尾輔音 ch；讀 bread 時，不會只說 */bre/；說 Japanese 時，一定不能省略尾輔音 /z/；至於 film 的讀法，不能當中間的 /l/ 不存在。但有趣的是如果任何時候都把音節或單字的尾輔音完全讀出，雖然不算錯，但聽起來卻不大自然，例如 outside 中 out 的音節尾輔音，還有 purchased 的尾輔音 /d/。

　　請試讀下列單字和短語，每個單字和短語讀兩次，第一次完全讀出劃線部分，第二次在準備發劃線輔音前的最後關頭，立即跳到下一個音節或單字的發音，看看哪一種讀法聽起來更自然。

🗩 語音術語話你知
　　爆發音（plosive）：氣流通路緊閉然後突然打開而發出的輔音。

backpack, Baptist, catnap, handbag, logbook, subway

bed corner , big box , fat boy, lab test, lip service, sick girl

　　也許你也發覺了，不把尾輔音完整的讀出來，反而比較易讀，也比較動聽。再細心分析，你會發現上述劃線的輔音全是爆發音 (plosive)，即 /b, d, g, k, p, t/，而緊隨其後的，全是輔音，所以當一個音節或單字的尾輔音是爆發音（例如 Baptist 的 /p/，fat boy 的 /t/），而緊隨其後的音節或單字以輔音開始，那麼這個爆發音不需要真的爆發出來。不爆發的程度和後面的輔音性質有關，技術細節在此不詳述了。

　　再舉兩例說明，exactly 的完整讀法是 /ɪɡˈzæktli/，但其中的 /k/ 後面緊隨着 /t/，所以這個 /k/ 不需要爆發出來；而 sandwich 中的 /d/ 後面是輔音 /w/，由於它前面又有另一個輔音 /n/，所以大部分人乾脆漏掉輔音 /d/，而 sandwich 在字典中的音標也是 /ˈsænwɪdʒ/。

　　不爆發和完全漏掉有所不同，讀 doctor 時，一般人都以不爆發的方式處理其中的 /k/，如果完全漏掉，聽起來便像 daughter 了。

小實驗

試用「不爆發」的方式讀出下列各字：

equipment, lightning, partner, reptile, rugby, segment.

12 Often 中的 /t/ 讀不讀？

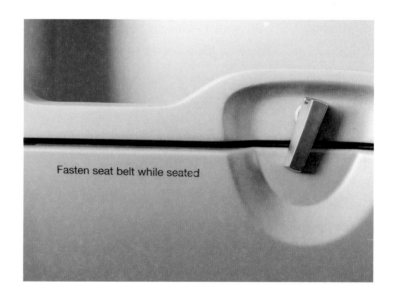

Fasten seat belt while seated

　　每次乘船去澳門時，都會聽到提示乘客扣好安全帶的雙語廣播，其中英文部分整體說得相當不錯，可惜 Please fasten your seatbelt 中的 fasten 仍然犯了不少人的通病，誤讀成 */'fɑːstən/，而正確讀法是 /'fɑːsən/。

　　當然，fasten 的第二個音節的確串作 -sten，但原來英文中有不少以 -ten 結尾的單字，其中的 T 都是不發音的，例如：

　　chasten, christen, hasten, moisten, soften.

　　以 hasten 為例，T 不發音，讀作 /'heɪsən/ 便可以了。

　　另外一種 T 不發音的情況是尾音節串作 -stel 的單字，包括 apostle、bustle、castle、hustle、whistle 和 wrestle。

部分英文單字中的 W 也是不發音的，例如 answer、flower、power 和 tower。有趣的是，沒有香港人會把 answer 中的 W 發出，誤讀成 */'ɑːnswə/，但碰見 flower、power 和 tower，不少人會讀出其中的 W，正確的讀法分別是 /'flaʊə/、/'paʊə/ 和 /'taʊə/。類似的例子還有：

empower, manpower, lower, Rowena, shower, widower.

至於 drawer 解作開票人的時候，讀作 /'drɔːə/；但解作抽屜時，原來只有一個音節，讀作 /'drɔː/。

至此，我們可以下一個結論，就是凡以 -stle 結尾的單字，T 都不發音；凡以 -wer 結尾的單字，W 都不發音。至於以 -ften 結尾的單字，除了上述的 soften 外，often 這一例中的 T 的確可以省去，即 /'ɒfən/，但要注意，讀作 /'ɒftən/ 的人也不少。

最後不得不提，單字中不發音輔音字母還有 B 和 P，常常聽到有人把 debt 誤讀成 */debt/，把 receipt 誤讀成 */rɪ'siːpt/。Debt 的正確讀法是 /det/，而 receipt 應讀作 /rɪ'siːt/。

小實驗

試正確讀出 combing 和 subtle。

13 Toilet 不是 toi 加 let

要去洗手間時，香港人喜歡說「去 toilet」。常見的讀法是把其中的 -let 說得像單字 let，即 /let/。這符合粵語的音韻體系，但說英語時也說 *TOI + let，便不夠地道了。

英文單字中以 -et 結尾，並且是非重讀時，-et 要讀作 /ɪt/。由此可見，toilet 的正確讀音是 /ˈtɔɪlɪt/。把 -et 結尾的字中 -et 部分通通誤讀成 */et/ 的現象頗常見，想想身邊的人怎樣讀下列各字的尾音節。

asset, bucket, cricket, Janet, market, planet, pocket, supermarket, ticket

類似的還有以 -age 結尾的單字，並不應跟單字 age 而讀作 */eɪdʒ/，-age 結尾部分應讀作 /ɪdʒ/，例如 image 應讀作 /ˈɪmɪdʒ/，不讀作 */ˈɪmeɪdʒ/，還有：

advantage, average, damage, envisage, language, luggage, message, passage, privilege, shortage, village.

其中 language 和 passage 是學校英語課常用的，英語教師要小心處理它們的讀法了。

由上述兩組例子，我們會發現當英文單字的尾音節是非重讀的話，那麼這音節的元音常常是 /ɪ/，這個觀

察絕對正確。非重讀尾音節的元音也可能是 /ə/，例如 effort、method 和 Oxford。

開篇時提到以 -et 結尾的非重讀音節，-et 要讀作 /ɪt/，例如 Janet、ticket 和 toilet。那麼以 -ess 結尾的非重讀音節，例如 careless 的 -less 和 kindness 的 -ness，其中的 -ess 應讀作 /ɪs/ 還是 /əs/？

乖乖查字典，你便會發現應讀作 /əs/，例如：

1 以 -ness 結尾的非重讀音節讀作 /-nəs/：brightness, business, fitness, illness, mindfulness, thickness, weakness, wilderness, witness。

2 以 -less 結尾的非重讀音節讀作 /-ləs/：careless, countless, endless, homeless, jobless, meaningless, powerless, speechless, useless, wireless。

但實際上把 careless 讀成 /-ləs/ 或 /-lɪs/ 的區別不大，一來因為 /ɪ/ 和 /ə/ 的發音接近，而且 -less 又是非重讀音節。但如果把 careless 中的 -less 說成單字 less 的 /les/，那便真的有點 careless 了。

小實驗

試將 -ess 用 /-əs/ 的發音讀出下列單字：
eagerness, fairness, forgiveness, loneliness, shyness, stillness; aimless, hopeless, lawless, painless, passionless, tireless.

14　為甚麼 Tuesday 聽起來像 'choosday'？

Tuesday 的串法明明以字母 T 開始，為甚麼有些人發音時，它的起始輔音聽起來卻像通常串作 ch 的 /ʧ/？而同時，包括英美人士在內的一些人，讀 Tuesday 時又的確以 /t/ 開始。

若查字典，便會發現 Tuesday 的音標是 /ˈtjuːzdi/ 或 /ˈtjuːzdeɪ/，音標的確以 /t/ 開始，/t/ 後面的音是輔音 /j/，而 /j/ 就是 yay、yes、young 和 youth 的起始輔音。我們來做個實驗，把 /t/ 和 /juː/ 不斷加快地連讀，便會發現到某一速度後，/t/ 和 /juː/ 會融合成 /ʧ/，Tuesday 聽起來便像 'choosday'。

兩個相鄰的音，融合在一起產生另一個音，這現象被稱為融合同化（coalescent assimilation）。由此你是不是也想到其他的類似的單字？例如有些人把 tune 讀成 'choon'，把 tuition 讀成 chu.I.tion，把 intuition 中的 -tuition 部分讀成 -chu.I.tion。在倫敦，人們稱地鐵為 the Tube，同樣地，很多英國人會把 Tube 讀成 'chube'；至此，如果你聽到有人把 Youtube 讀得像 'YouChube'，就應該見怪不怪了。

除了 /t/ 加 /j/ 變成 /ʧ/，另外一個常見的融合同化涉及 /d/ 和 /j/，融合而成的音是 /ʤ/，例如 duke /djuːk/，起始輔音是 /d/，而緊隨其後的輔音為 /j/，如果用融合同化

💬 語音術語話你知

　　融合同化（coalescent assimilation）：兩個相鄰的音，融合在一起產生另一個音的發音現象。

的方法來讀，便會變成像 'jook' 發音一樣的 /ʤuːk/。以下是其他例子，試用上述兩種方法讀出：

deuce, dual, dubious, due, duet, during, duty.

還有一個融合同化的例子，涉及一個日常生活中常用的單字 tissue。有沒有注意這個字第二個音節的起始輔音讀法有所不同？有些人讀成 /s/，有些人讀成 /ʃ/，tissue 的傳統讀法是 /ˈtɪsjuː/，但如採用融合同化的方法，/s/ 和 /j/ 融合成 /ʃ/，tissue 便被讀成 /ˈtɪʃuː/。和 tissue 串法接近的 issue 一字，也有類似的兩個讀法。

最後一提，採用融合同化與否，這是個人的選擇。但其實那些採用了融合同化的讀法，從發音角度較為輕便，長遠會成為主流讀法。例如把 Tuesday 說成 'choosday'，把 during 的首音節說成 /ˈʤʊ-/，把 tissue 的第二個音節說成 /-ʃuː/。此外，美式發音沒有這個問題，因為在上述例子中，美式發音全都沒有 /j/ 這個音，他們讀 Tuesday 就是簡簡單單的 /ˈtuːzdeɪ/。

小實驗

網球比賽中有所謂的「刁時」，英文是 deuce；試以上述兩種方法讀出 deuce。

15　為甚麼 won't you 聽起來像 'wonchoo'？

　　第 8 章中提到在語速較快的日常談話中，有可能把 handbag 讀成 'hambag'，把 good boy 讀成 'goob boy'，這種常見的語言現象被稱為同化。如果兩個相鄰的音在發音方法（manner of articulation）上接近的話，則更易出現同化。

　　以短語 this shoe 為例，單字 this 的尾音是 /-s/，而 shoe 的起始輔音是 /ʃ/。若連讀 /s/ 和 /ʃ/，會感覺到兩個音在發音上有接近的地方，而語音學中也指出這兩個音都是噝音（sibilant）。

　　所以我們在說 this shoe 時，即使用中等速度讀出，也幾乎無可避免地說成 /ðɪʃuː/，即把 this 的尾輔音 /s/ 改為以 shoe 的起始輔音 /ʃ/ 讀出。還有更多短語中首字的尾音都變為 /ʃ/ 的例子，比如：

nice shoes, nice show, this sheet, this shop.

　　更有趣的是有時候同化現象會產生出第三個音來。還記得第 14 章中提到的融合同化嗎？兩個相鄰的音，融合在一起產生另一個音。例如不少人說 Nice to meet you 時，把 you 說成 'choo'？你完全沒聽錯，原來這是因為在語速較快的日常對話中，meet you 中 meet 的尾音 /-t/ 和 you 的起始輔音 /j/ 連在一起，產生了 ch 音，即 /tʃ/。

　　那麼為甚麼產出的新音是 /tʃ/？這和兩個相鄰音原本的發音部位（place of articulation）和發音方法有關，技術上的細節這裏就不詳述了，但這個過程是自然而然發生

🗨 語音術語話你知

　　噝音（sibilant）：擦音的一類，發音時氣流在窄道間摩擦，英語的噝音包括 /s, z, ʃ, tʃ, dʒ, ʒ/。

的。所以我們説 don't you、won't you 時，都會不知不覺
説成 /ˈdəʊntʃu/ 和 /ˈwəʊntʃu/。

　　和相鄰音 /-t/ 和 /j-/ 快速連讀變成了 /tʃ/ 相似的，還
有 /-d/ 和 /j/ 連在一起變成了 /dʒ/，下面是常見的例子：

1　Could you…
2　Did you…
3　Would you…

　　當然要強調的是，同化在中等速度和快速地説話中
才會出現，而且也不一定要採用，掌握不好可能產生其
他誤讀。猶記許多年前，我當中學英語教師時，在一堂
中二課上請一位同學朗讀一段課文，其中有一句以 you
開始，但那個學生把 you 讀作 'joo'。我以為她是一時不
小心，於是請她再讀一次，怎知她仍然讀作 'joo'，我當
時百思不得其解，後來才明白她由我平日説 could you、
did you 和 would you 的方法當中，錯誤地以為 you 的讀
音是 'joo'！

16　口語中應該怎樣說 could have 和 would have？

　　母語是英語的人士也有串錯字的時刻，could have、might have、should have 和 would have 有 時 候 會 被 錯 誤 地 串 作 *could of、*might of、*should of 和 *would of，這 是「我手寫我口」的結果，以下就讓我們來詳談其中的原 因。

　　前文第 3 章談到功能詞 to 在日常談話中通常以弱讀 式 /ə/ 讀出，於是 got to 便說成 gotta。原來在一些情況 下 have 與 to 類似，也是功能詞，例如：

1　I should have told you earlier.

2　He could have worked harder.

3　She would have met him if she had come to the party earlier.

　　這些句子中的 have 和 I have a new bicycle 中的詞滙 詞（lexical word）have 不同，在口語中的讀音也不盡相 同。Could have、should have 和 would have 中 的 have 既 然是功能詞，那麼在口語中，have 原本的元音 /æ/ 就要 以弱讀式的元音 /ə/ 讀出，即：

1　could have: /ˈkʊd həv/

2　should have: /ˈʃʊd həv/

3　would have: /ˈwʊd həv/

　　而且在語速較快或較輕鬆的口語中，have 的首輔音 /h-/ 通常會被省掉，於是就變成：

1　could have: /ˈkʊdəv/
2　should have: /ˈʃʊdəv/
3　would have: /ˈwʊdəv/

　　書寫時也變為 could've、should've 和 would've。一般香港人常會重讀 could have worked、should have told、would have met 中的 have，這不算錯誤，但是如果要把英語說得地道，則根據 could've、should've 和 would've 的串法而發音，也就更接近地道的說法了。

　　回到開篇的問題，為甚麼英美人士有可能把 could have、should have 和 would have 錯誤地寫成 *could of、*should of、*would of 呢？原來 of 在口語中用作功能詞時，會被說成 /əv/，這和 could have、should have、would have 中的 have 的省略式發音很相似。如果習慣「我手寫我口」，便很容易不慎寫作 *could of、*should of 和 *would of 了。

小實驗

試根據上文中功能詞在口語中的發音方法，自然地讀出 You might have got it wrong，並留意自己如何處理 might have。

17　如何説 Exactly! 才夠地道？

在英語會話中，我們如想表達強烈認同，經常會説
Exactly！但在香港能夠把 exactly 説得地道的人卻不多。

Exactly 的正確讀法是 /ɪɡˈzæktlɪ/，
而常見的發音問題有：

1　誤將第二個音節的起始輔音
　　/z/ 發成 /s/，於是整個字變成
　　*/ɪɡˈsæktlɪ/；

2　漏掉第二個音節的尾輔音 /-k/，於是整個字變成
　　*/ɪɡˈzætlɪ/；

3　將 /-zæk/ 和 /-li/ 中間的 /-t-/ 讀得太重。

其中最常見的誤讀是第 1 項，第二個音節的起始輔
音應該發 /z/。

其實這字母 X 大部分時間發 /-ks/，例如 box、
complex、fax、exceed、excellent、except、exclaim、expire、
explain、maximum、mix、Oxford、text 和 wax。

根據 exceed、except 和 exclaim 的發音規律，推敲出
exact 應讀作 */ɪkˈsækt/，這看似順理成章，但偏偏有一些
單字中的字母 X 應讀作 /-ɡz/，例如：

exaggerate, exam, example, executive, exemplar, exert,
exhausted.

以常用的 example 為例，它的正確讀音是 /ɪɡˈzɑːmpəl/，
而不是 */ɪkˈsɑːmpəl/。

　　談到這裏，也許你會好奇 X 在單字中應讀作 /-ks/ 還是 /-gz/，這是否有規律可循？很遺憾，其實並沒有任何規律，只能死記那些單字的發音。不過以上列舉的 X 要讀作 /-gz/ 的單字，已經是最常見的例子了。當然，就算把單字中的 /-gz/ 誤讀成 */-ks/（例如把 exhausted 誤讀成 */ɪkˈsɔːstɪd/），也不會產生歧義，只是並非十足準確罷了。

　　順帶一提，不少香港人把 text 誤讀成 *test，把 textbook 誤讀成 *test book。記得不要懶惰，text 中的 X 應讀作 /-ks/，整個單字應讀作 /tekst/。正是因為他們完全漏掉了其中的 /-k/，才會把 text 誤讀成 *test（/test/）。

小實驗

試用 X 讀作 /-gz/ 的方法，讀出下列包含字母 X 的單字：
exact, exaggerate, exam, example, executive, exemplar, exert, exhausted.

18　為甚麼把 damn it 讀成 'dammit'？

　　首先要説明一點，damn it 曾經是污言穢語，到了今天，已成為大部分母語是英語的人士在煩躁時説的俗語，當然在嚴肅的場合仍是要小心。

　　Damn it 中 damn 的結尾字母 N 不發音，damn 的讀音和 dam 一樣，讀作 /dæm/，尾輔音是 /-m/。而後面的 it 讀 /ɪt/，以元音 /ɪ/ 起始，當讀 damn it 的時候，damn 的尾輔音 /-m/ 和 it 的起始元音 /ɪ/ 連接在一起，就讀成了 dammit，即 /'dæmɪt/。

　　這樣的連接（linking）讀法的例子比比皆是，例如：

1　an apple

2　an orange

3　an umbrella

4　back in the classroom

5　Break all the windows.

6　fell in love

7　Fix it.

8　Got it.

9　Put it away.

10　Take it easy.

11　There was an owl.

12　worked until three.

　　注意以上的例子中，其中一些首字的尾音在串法中並不明顯，例如 fix 的尾輔音是 /-ks/，take 的尾輔音是 /-k/，worked 的尾輔音是 /-t/，但由於緊隨其後的單字以元音開始，所以連接的讀法仍然適用。

　　其實在日常談話中，連接的讀法本來就再自然不過。很多時候，我們無意識地做了連接的讀法。但是也有些人，習慣用粵語一字一音節的方式說英語，他們的發音方式便很少出現連接的讀法了。

　　不使用連接的讀法說英語，也不能說是「錯」的，只是聽起來沒有那麼地道罷了。當然如果說話者故意減慢速度來說清楚每個單字，便不需要顧及連接了，例如英文老師帶領學生默書時，如果使用太多連接讀法，學生反而未必聽得清楚呢！

小挑戰

試找出下列短語和句子中可以連接的地方，並在字母下方劃線，然後用連接的方式讀出來。

1　fall in
2　this afternoon
3　I ate an apple.
4　There's a cat.

19　原來 there is 中隱藏了 /r/ 音

　　第18章闡述了在英語日常對話中常常使用連接（linking）的讀法，使發音聽起來較自然、更地道，其實不少香港人都能做到這一點。較大考驗的是在說 There is...、There are... 和 for Edward 時，仍然能夠自然地把前字的尾輔音 /r/ 和以元音起始的緊隨其後的單字連接起來，這也是我們說的 r-linking。

　　一個單字的結尾如果出現字母 R，在美式發音和英式發音中的處理方式是不同的。在美式英語中，這些出現在字尾字母 R 需要發音，例如 clear、dear、fair、far、fare、here、poor、there 所以在美式發音中我們常可以聽到結尾的 /-r/ 音。但是在英式發音中，這些結尾的 /-r/ 不存在，所以 clear 讀作 /klɪə/，there 讀作 /ðeə/。

　　但在英式發音中，若這些以 R 結尾的單字後面的字以元音開始，那麼便要小心處理了！這些在單字結尾中不存在的 /r/，此時卻要發音，和後面的字連接起來，形成 r-linking，比如下表當中這些例子：

單字	單字	短語	句子讀法
clear /klɪə/	eyes /aɪz/	clear eyes	/klɪəraɪz/
dear /dɪə/	Edward /ˈedwəd/	dear Edward	/dɪəredwəd/
four /fɔː/	eggs /egz/	four eggs	/fɔːregz/
poor /pɔː/	old man /əʊld mæn/	poor old man	/pɔːrəʊld mæn/
there /ðeə/	is /ɪz/	there is	/ðeərɪz/

　　這對於我們是一個大考驗，因為這等於在說話時，要隨時留意自己的用字中有沒有以 R 為結尾的單字，這樣一心二用當然不容易。

　　但我們可以熟能生巧，練習看着文章朗讀，在看見串法中以 R 結尾的單字，而緊接的字以元音開始，便採取 r-linking 的方式，這樣的練習對於在日常對話中適當並自然地採用 r-linking，是絕對有幫助的。

　　話說回來，不用 r-linking 也不算錯誤，也是關乎說英語聽起來沒有那麼地道吧。

小實驗

試以 r-linking 的方式用中等及較快語速讀出下列短語及句子：

1　cheer up
2　four apples
3　never again
4　The doctor is there.

20　為甚麼有人把 drawing 説成 'draw-ring'？

上篇第 19 章闡述了英語中 r-linking 的發音方式，相鄰兩個英文單字中前字的尾音是 /r/，而且緊接的單字以元音起始，那麼這個 /r/ 和緊接的元音便可以自然地連接起來，例如：

1　clear eyes　　　2　fear of
3　four eggs　　　 4　there is…

但有趣的，對於英語是母語或接近母語的人士來説，r-linking 的發音方式是非常自然的，自然得在某些本來不需要 r-linking 情況下，也不知不覺用了 r-linking 的方法。

以慣用語 law and order 為例，在語速較快的日常談話當中，很容易説成 law r-and order。Law 這個單字的尾音不是 /r/，但由於 law 的核元音（peak）/ɔː/ 的特性，而且緊隨其後的 and 又以元音開始，説 law and 時便容易誘發出中間的 /r/。這本來不存在的 /r/ 被稱為外加 R（intrusive R）。

還有其他類似的情況，以中等或較快語速説出來時，首字的字尾都很有可能出現 intrusive R，例如：

1　Anna and the King　　2　China and Japan
3　Formula A (car race)　4　media event
5　saw a film　　　　　 6　Silvia and Peter
7　(the) idea of…

💬 語音術語話你知
　核元音（peak）：音節的核心部分，通常是元音。
　外加 R（intrusive R）：在毋須採用連接 /r/ 音時因慣性而插入 /r/ 音。

　　上述 intrusive R 的例子出現於兩個單字中間，但其實 intrusive R 也會出現在單個英文字中間。說 draw an apple 時，draw 和 an 中間很易出現 intrusive R，理解這情況，便不難明白為甚麼 drawing 有可能被說成 draw-ring，雖然 drawing 本身沒有中間的 /r/。

　　以此類推，在說 however 時，雖然 however 本身沒有中間的 /r/，但有些人會把 however 說成 'howrever'。

　　那麼你也許會想問在單字中插入原本不存在的 /r/，這是否算作誤讀？現今大部分學者會把它看成語音學的現象，雖然一些個別例子可能會出現爭議，例如 however 說作 'howrever' 可否被接受。但像上述的這些例子，都和相關元音的特性有關，導致發音時有可能出現 intrusive R。從另一個角度看，這也正是發音地道的表現呢！

小挑戰

下列三個短語或句子中，哪一句有可能出現 intrusive R？

1　Here are the results.
2　once and for all
3　the man I saw over there

正正經經
Serious language

21　Apple 是否讀作「app 蒲」？

　　當你聽到一個幼稚園小朋友朗朗上口在讀 'A for apple, B for boy…' 的時候，有沒有注意到，他們大都把 apple 讀成 *「app 蒲」？不少人長大後也糾正不了這個誤讀，但這也難怪，apple 的第二個音節的尾輔音 /l/ 和 beautiful、bottle、pencil 等字一樣，最後的音節都以 dark-l 結束，而這個 dark-l 不但在粵語和普通話中不存在，而實際要讀對 dark-l，也有點難度。

　　當 /l/ 在音節起始位置出現時，稱為 clear-l，例如 lane、like、look。對我們來說，發 clear-l 沒有難度，粵語的「來、藍、力、陸」，就是以 clear-l 為起始輔音（initial consonant）；但在英語中，/l/ 也會出現在音節的結尾，例如 dull、fill、mill、sail，這個結尾的 dark-l，發音時不能當它不存在。香港人的誤讀，就是漏掉 dark-l，結果把 bill 讀作 *「錶」，dull 讀作 *「兜」，hill 讀作 *「囂」，soul 讀作 *「蘇」。

　　正確的處理是這樣的：先感受一下 clear-l 在舌尖的位置，例如讀 like、lip、love 的時候，留意舌尖的位置，記着這個舌尖的位置，再去試讀 dull、fill、mill、

🗩 語音術語語你知

　　非重讀（unstressed）：相對於重讀（stressed），指多音節字中某些音節以較輕力度讀出。

sail；每字完結時，舌尖同樣放到上面發 clear-l 的位置，
這便能自然地發出 dark-l 這個音，如果小心聆聽，會發
覺和 clear-l 有點分別，好像沒有 clear-l 這麼明顯，這也
是為甚麼它叫 dark-l，因為舌頭形態在發 dark-l 時，跟發
clear-l 不同，技術細節不在此詳述了。

　　如果字母 L 出現在尾音倒數第二個輔音的位置，例
如 cold、halt、milk、silk、told，那麼 dark-l 可否省去？
答案是否定的，除非你對「懶音」不以為意。

　　但更大的挑戰是當 dark-l 出現在多音節詞的最後一
個音節，並且是非重讀（unstressed）時，例如上面提過
的 apple、beautiful、bottle，還有 able、little、special、
table 等字。通常的發音毛病是：（1）把 dark-l 完全忘掉；
（2）把這個音節讀得太重。於是 apple 變作 *「app 蒲」，
bottle 變作 *「bot 圖」，able 變作 */'eɪbəʊ/，pencil 變作
*/'pensəʊ/。要把這些尾音節讀得動聽，記着保留 dark-l，
並且把音節讀得輕一些。所以從今開始，不要教小朋友
把 apple 讀作 *「app 蒲」了。

小實驗

試準確讀出 woof 和 wolf。

22　Wednesday evening 共有多少個音節？

還記得讀小學的時代，很多香港人都會把 Wednesday 讀作三個音節，即 *WEN.es.day，而把 evening 也讀作三個音節，即 *E.ven.ing，加起來便是六個音節；但其實 Wednesday evening 一共只有四個音節。

先說 Wednesday，雖然它的串法看起來的確像包含三個音節，但今天多數人都懂得應讀作雙音節，即 /'wenzdeɪ/。

但是 evening 一字，仍有人誤讀作三個音節。的確，這字的中間部分看起來像一個獨立音節，但只要將 evening 拆解為 eve+ning，便容易記着它正確的讀法應是雙音節的 /'iːvnɪŋ/。

上述兩個誤讀，都涉及在單字中插入額外的音節，在香港常聽到的還有下面的例子：

首先是 guidance（引導、輔導），這個單字其實只有兩個音節，但不少人在 /d-/ 後面插入額外的 /ɪ/，变成 */'gaɪdɪəns/，正確的讀法是 /'gaɪdəns/。

其次是 mischievous（頑皮的），這個字的結尾驟眼看起來與 envious 和 obvious 的結尾相似，於是不少人會將 mischievous 的最後部分也照樣讀成 */-iəs/，連英美人士也會這樣誤讀呢。其實小心觀察，mischievous 的結尾部

💬 語音術語話你知

重音模式（stress pattern）：把一個單字或一個短語裏的某個音節讀得重些、強些的發音模式。

單音節（monosyllabic）：只有一個音節的。

分是 -vous，讀成 /-vəs/，再加上重音在首音節，正確讀音應是 /ˈmɪstʃɪvəs/。

　　一個單字的重音模式（stress pattern）的確會影響它的讀音，如果我們知道 initiative 只有第二個音節是重音，便很容易拼讀出正確的讀法，即 /ɪˈnɪʃətɪv/。以此類推，知道 terminator 的重音只有一個，在首音節，便不會插入額外的 /ɪ/，誤讀成 *ˈtɜːmɪnɪˈeɪtə/。

　　上面提到單字的串法有時候會引起誤讀，例如 Wednesday 和 evening。類似的例子還有「首飾、珠寶」的英文字，美式串法是 jewelry，讀作 /ˈdʒuːəlrɪ/；但英式串法是 jewellery，於是我們很容易在第二個音節後插入額外的 /ə/，即 *ˈdʒuːəlerɪ/。但原來英式的讀法仍然是 /ˈdʒuːəlrɪ/！

　　部分母語是英語的人士，有時候也會插入額外的音節。上述的 mischievous 和 jewellery 便是這樣的例子，類似的例子還有 film，我們都知道是單音節（monosyllabic），但在蘇格蘭和愛爾蘭，真的會有人讀成雙音節，即 *ˈfɪləm/，像我們說的「菲林」一樣呢！

小挑戰

Athlete 一字有多少個音節？

23 Phonics、phonetics、pronunciation 有甚麼不同？

如果我們從來沒看過 breakfast 這個字，那麼單憑它的發音 /ˈbrekfəst/，的確不易串出它的正確寫法，但是像這個告示把它串成 *beackfeat，又的確有點不可思議啊！

英文字的串法和讀音有相當緊密的關係，一個單字的發音（pronunciation），往往可以從它的串法推敲出來。而第一次聽到一個單字，也可沿發音串出它的寫法，當然不一定十足準確，但也是「雖不中亦不遠」。這背後的學習範疇是拼讀法（phonics）（也譯作「拼音」），學 phonics 就是學習字素（grapheme）和音素（phoneme）的關係，即 grapheme-phoneme correspondence（GPC）。

例如看見單字中的 b、m、k、ch、ee、oo、sh、th 等，我們大概都能猜到發音；聽到單字中有 /iː/ 音，我們知道很大程度這字當中有 ea 或 ee 的串法。這種知識和技能，可說是終身受用。所以我是極力贊成小朋友學 phonics 的，掌握了拼讀法對他們應付學校的英文默書也極有幫助呢。我還記得我上中學後，很享受 unseen dictation，因為遇到單字時，我便可以運用我自學的 phonics 知識了。

🗨 語音術語話你知

　　拼讀法（phonics）：依據字母所代表的讀音而拼讀出發音的方法。
　　字素（grapheme）：語言書寫系統的最小有意義單位。
　　音素（phoneme）：一個語言中用以區別意義的最小聲音單位。
　　拼音（Pinyin）：採用羅馬拼寫體系的漢語標音方法。
　　國際音標（International Phonetic Alphabet）：國際語音協會制定的標音符號

　　至於普通話的「拼音（Pinyin）」，是用漢語拼音字母給中文單字標音。中文字不是見形知音的表音文字，我們碰到一個中文單字，想知道它的普通話發音，便要查找它的漢語拼音，跟英文的拼讀法從一個字的串法推敲出它的讀音不同。若要學習音標，以便在查字典時找到英文生字的讀音，大多數人會學的是國際音標（International Phonetic Alphabet）。

　　Phonics 不涉及注音符號，靠的是英文字串法和讀音的關係，當然由於英文的起源混雜，其串法和讀音的關係沒有絕對準確的規律。至於 phonetics，絕對不是「拼音」，phonetics 是語音學，是大學語言學其中一個主要範疇呢。

小挑戰

你知道 quay（碼頭）的讀法嗎？如果不知道，請嘗試拼讀出來，然後和錄音比較一下。

答案：Quay 的英式讀音為 /kiː/。

24　重新學習英文字母的讀法

　　這張圖片是我遊覽新加坡時拍的，你覺得他們把 Please queue（請排隊）寫作 Please Q 有沒有問題呢？

　　當然，首先要問：究竟 Q 和 queue 的讀音是否相同？字母 Q 的讀音是 /kjuː/，queue 的讀音也是 /kjuː/，可見答案是肯定的。至於在書寫時能否把 queue 寫作 Q，那是另一個問題了。我反而要說說香港人怎樣讀 Q 和其他一些英文字母。

　　由上面的注音，可見香港人把字母 Q 讀作 *kiu 是不對的，應讀作 /kjuː/。另外一個常見的字母誤讀，是把原來單音節的字母讀作雙音節（disyllabic）：

字母	誤讀（雙音節）	正讀（單音節）
F	*Ef.fu	/ef/
H	*IK.廚	/eɪtʃ/
L	*EL.lo	/el/
R	*AR.lo	/ɑː/
S	*ES.si	/es/
X	*IK.si	/eks/
Z	*Yee.ZED	/zed/

<hr />

🗩 語音術語話你知
　　雙音節（disyllabic）：有兩個音節的。

就算在美式讀法中，R 是 /ɑːr/，Z 是 /ziː/，但仍然是單音節。

我的車牌當中有字母 L，每次向人說明車牌時，對方十之八九聽不懂，一定要等我說出 *EL.lo 才聽得懂。

至於 W，它真的是有三個音節，但第二個音節不是香港人常說的 *bee，正確的讀法是 /ˈdʌbəljuː/，只要想像自己在說 'double U' 便對了。

至於 G 和 J 的誤讀，問題在於把起始輔音 /dʒ/ 錯誤地代入粵語的 dz，G 便讀成 *「知」了。

最後不得不說 E，每到餐廳叫 E 餐，服務員也是十之八九聽不懂，我必需改說「依餐」! 字母 E 的正確讀音是 /iː/，而不是 */jiː/。

小知識

近年部分英國人會把字母 H 讀成 /heɪtʃ/，也許是要表達 H 用於音節時噴氣的特色吧。

25 不要把過去式標記 -ed 讀成「突」

圖中 closed 的尾音 -ed 在發音時
應怎樣處理？

我們先來分析 closed 的詞性
與來源。它來自動詞 close，圖中
closed 是以過去分詞 (past participle)
的形式出現的，在這裏它的功能是
形容詞。

動詞 close 當然也有過去式 (past tense) 的形態，同
樣串作 closed，那麼這兩個 closed 中的 -ed 分別應該怎
麼讀？在香港常見的讀法，一是當這個 -ed 不存在，一
是把它讀成很突兀的 *「突」。

其實過去式和過去分詞的標記 -ed 有三種讀法。先
說前兩種，-ed 分別讀作 /t/ 和 /d/。對比下列兩組動詞，
其中第一組動詞的過去式和過去分詞標記都讀作 /t/，第
二組則讀作 /d/，試找出其中的規律。

第一組：froth, help, laugh, look, miss, push, search;

第二組：bang, beg, cheer, play, pull, rage, save, stab.

不難發現，第一組和第二組讀法和動詞本身的尾音
是清音 (voiceless sound) 還是濁音 (voiced sound) 有關。

第一組動詞以清音結尾，過去式和過去分詞標記 -ed
讀 /t/，例如：

1 help /help/ → helped /helpt/
2 laugh /lɑːf/ → laughed /lɑːft/

🗨 語音術語話你知

　　清音 (voiceless sound)：發音時聲帶不振動的音。
　　濁音 (voiced sound)：發音時聲帶振動的音。

第二組動詞以濁音結尾，則過去式和過去分詞標記 -ed 讀作 /d/，例如：

3　pull /pʊl/ → pulled /pʊld/
4　save /seɪv/ → saved /seɪvd/

這 -ed 標記無論讀 /-t/ 或 /-d/, 都不要過份強調。

再說回上圖中的 closed，動詞 close 讀作 /kləʊz/，以濁音 /z/ 結尾，所以 closed 應讀作 /kləʊzd/。

讓我們來觀察下列動詞，說說第三種讀法：

第三組：add, decide, divide, end, flood, land, need;

第四組：collect, expect, invent, invite, shout, taste, visit.

第三組動詞以 /d/ 音結尾，第四組動詞以 /t/ 音結尾。在這兩種情況下，過去式及過去分詞標記要讀作 /ɪd/，注意當中有元音 /ɪ/，所以 /d/ 或 /t/ 與 /ɪd/ 與組成了另一個音節，即：

added /ˈædɪd/; ended /ˈendɪd/; landed /ˈlændɪd/; shouted /ˈʃaʊtɪd/; tasted /ˈteɪstɪd/; visited /ˈvɪzɪtɪd/.

香港常見的發音毛病是沒讀出含 /ɪd/ 的音節，這個通病在教師語文評榜（俗稱基準試）說話卷的考試報告中，也曾被特別提及呢！

小挑戰

試根據過去式讀法將下列九個動詞分成三組：
agreed, arrived, hunted, listened, mixed, pretended, provided, stopped, watched.

第三組：hunted, pretended, provided.
第二組：agreed, arrived, listened;
答案：第一組：mixed, stopped, watched;

26　如何處理句子中間的過去式標記 -ed 的讀法？

　　上一篇解釋了過去式與過去分詞標記 -ed 的三種讀法：以清音結尾的動詞，-ed 讀作 /t/，例如 finished、helped 和 missed；以濁音結尾的動詞，-ed 讀作 /d/，例如 pulled、saved 和 stabbed；以 /t/ 或 /d/ 音結尾的動詞，-ed 讀作 /ɪd/，例如 acted、collected、decided 和 defended。

　　原來這些規律，也適用於過去分詞（past participle）。上一篇也已經講解過，closed 應讀 /kləʊzd/，單獨說 closed 時，還是能明顯聽到尾音 /-d/，但是如果你要說的是 closed circuit，那麼 closed 中的 /-d/ 是否仍要發音？

　　偶然聽到英語老師請學生朗讀滿篇過去式的課文時，會糾正學生沒有把這 -ed 標記統統讀出。原來這些動詞的過去式或過去分詞作為單字或出現在句末的時候，的確要較清晰地讀出其尾音（但也不要過份強調），例如 closed、finished、missed 和 saved。但如果出現在短語或句子中，例如 a closed circuit 和 He finished his homework last night，這 -ed 標記的處理卻有所不同。

　　簡單來說，如果這些帶有 -ed 標記的單字出現在句子中間，那麼說話的速度愈快，/-d/ 和 /-t/ 出現的時間便愈短，甚至讓聽者聽不到。試以中等語速或快速地說 He finished his homework last night，便會感受到這發音變化。反而，如果故意強調 finished 的尾音 /-t/，雖然沒錯，但聽起來便不自然了。

　　那麼，可否乾脆漏掉尾音 /-d/ 或 /-t/？那也不必，理論上發音器官仍然應做出發 /-d/ 或 /-t/ 這動作，但是要點到即止。快速地讀出下面兩組句子，如果耳朵夠靈敏，還是聽得到區別的：

　　第一組：He finished his homework last night.

　　　　　　*He finish his homework last night.

　　第二組：She saved the cat.

　　　　　　*She save the cat.

小實驗

試快速地讀出下列短語，感受自己怎樣處理首字的尾音 -ed：

filtered water, grilled chicken, specialised ribbons, wrapped gift.

27 Rice、rise 和 rye 的讀法有多接近？

常常聽到有人將 make 誤讀成 Mick，將 sake 誤讀成 sick，而將 take 誤讀成 tick；為甚麼會有這個現象？

Make、sake 和 take 的元音是 /eɪ/，而尾輔音是輕音 /k/。於是連起來讀時，元音 /eɪ/ 會被縮短，聽起來便接近 /ɪ/，也就是 Mick、sick 和 tick 的元音。

原來這個現象出現於所有元音當中，rice、rise 和 rye 的元音都是 /aɪ/，但你也許早已發現，rice 讀起來明顯比 rise 短。

下列單字都以 /aɪ/ 為元音，字尾沒有任何輔音，試讀這些單字來感受一下 /aɪ/ 的標準長度。

buy, die, eye, guy, hi, I, lie, my, pie, rye, sigh, tie, why

下面這組單字同樣都以 /aɪ/ 為元音，但字尾是清輔音（voiceless consonant），再試讀一下這些字，你會立即感受到它們的發音長度相較於上一組明顯較短。

bike, fight, height, like, ice, kite, mice, might, night, pipe, price, quite, ripe, sight, type, white

那麼當元音為 /aɪ/ 的單字尾音是濁輔音（voiced consonant）的時候呢？試讀 dive、drive、line、mile 和 mime，你會發現 /aɪ/ 相較於標準長度會略為加長，但區別不太大，不需特別注意。

至此，我們便可以總結出下列各對單字的發音區別，因為每對的次字的尾音是清音輔音，所以次字短過首字。

🗨 語音術語話你知

清輔音 (voiceless consonant)：發音時聲帶不振動的輔音。

濁輔音 (voiced consonant)：發音時聲帶振動的輔音。

eyes	ice	prize	price
hi	height	rise	rice
lie	like	tie	type

其實粵語也有接近英語標準元音 /aɪ/ 的韻母,例如「買、大、快、猜」,還有接近英語中縮短了的元音 /aɪ/ 的韻母,例如「西、低、計、位」。粵語中將其區分成兩個韻母,「買、大、快、猜」的韻母是 aai,而「西、低、計、位」的韻母是 ai。那麼英語的音標為甚麼不用兩個符號去標示標準的 /aɪ/ 和縮短了的 /aɪ/?

理論上可以這樣做,但在任何的標音系統裏,我們都希望採用最少的符號,以方便使用及學習。在英語中,我們既然可以由字的尾音來判斷元音 /aɪ/ 的長度,那麼就採用一個符號好了。

小實驗

試讀出下面三個單字,三字的長度要能明顯表示出來:
rye (標準),ride (比 rye 略長),ripe (比 rye 和 ride 略短)。

28　An hotel 的說法是否一定是錯的？

　　讀小學時，老師教我們名詞前面可以加不定冠詞（indefinite article），包括 a 和 an。但那時候，老師只是要我們死記哪些單字前面用 an，例如 an apple、an egg、an hotel、an onion 和 an orange，並沒有特別教授其中的規則。

　　上初中後，有關不定冠詞我學會兩件事，第一是老師教的是 a hotel，而不是 an hotel，我當時直覺認為小學老師教錯了。第二是一條規則：若名詞以 A、E、I、O、U 開始，那麼前面的不定冠詞便用 an，例如 an ant、an envelope、an inch、an octopus 和 an umbrella。上了高中，老師提示我們記住一些特殊情況，例如 a university 和 a one-man band，但為何特殊，老師也沒有深究。

　　直到今天，仍然有人以為不定冠詞的規則只是當名詞以字母 A、E、I、O、U 開始的話，前面使用 an，而不知道正確的規則，其實是當名詞的發音是以元音開始的話，則前面的不定冠詞用 an。只不過大部分首字母是 A、E、I、O、U 的名詞，發音都以元音開始，例如應該是 an egg，而不是 *a egg，就是因為 egg /eg/ 是以元音 /e/ 先行。

　　但有些首字母是 A、E、I、O、U 的單字，起始音其實是**輔音**，例如：

　　a one-eyed person, a unicorn, a uniform, a union, a unique solution, a unit, a university, a usage, a useless idea, a user.

　　與之相反，這也是為甚麼我們說 an honour 和 an hour。因為它們的首音節都以元音先行。

　　所以如果我們把 hotel 讀成 /əʊˈtel/，那真的要說 an hotel 呢！當然大部分人會說 /həʊˈtel/，則是 a hotel。跟 hotel 一樣，因讀法的演變而出現兩種不定冠詞用法的還有 a/an herb 和 a/an historical event。

　　以此類推，在一些字母或首字母縮略詞（acronym）之前，若單字起始輔音字母的實際發音以元音先行，則也要用 an，例如 an F、an L、an M、an FBI agent、an MBA 和 an X-ray。

　　當然，在書面語當中，有時候有模棱兩可的情況，究竟是 a HA（Hospital Authority）officer 還是 an HA officer？這便要怎樣看待 HA 這個縮略詞。

小實驗

上面所說的用不用 an 的情況，不單是教條式的規則，而更涉及讀音的流暢，試讀 *a apple、*a egg、*a umbrella，再和 an apple、an egg 和 an umbrella 比較，哪個讀法更自然流暢？

29 Everyone 和 every one 讀法是否相同？

英文有四個限定詞（determiner）：any、every、no 和 some。當和 body、one、thing 和 where 四字併合後，便會組成下面表中的代名詞和副詞：

	body	one	thing	where
any	anybody	anyone	anything	anywhere
every	everybody	everyone	everything	everywhere
no	nobody	no one (none)	nothing	nowhere
some	somebody	someone	something	somewhere

Body、one、thing 和 where 都是單音節（monosyllabic）的詞滙詞（lexical word），有其本身的意義，因此多以重音讀出，這正正是上表的單字常被誤讀的原因。

直排第二組、第三組和第四組的字雖然都包含 one、thing、where 這些通常重讀的單字，但與 any、every、no 和 some 併合後，全部都變成非重讀：

單字	錯誤	正確
everyone	*Every.ONE	EV.ery.one
everything	*Every.THING	EV.ery.thing
everywhere	*Every.WHERE	EV.ery.where
someone	*Some.ONE	SOME.one
something	*Some.THING	SOME.thing
somewhere	*Some.WHERE	SOME.where

即尾音節要以較輕的力度和較低的音調讀出。

EVERYBODY

　　直排第一組的字則不僅是重音的問題了：單獨讀 body 時，會說 /'bɒdi/，everybody 中的 -body 仍然可讀 /'bɒdi/，但 anybody、nobody 和 somebody 中的 -body，不錯仍然可以讀 /'bɒdi/，但原來也可以讀 /'bədi/；換句話說，-body 中的 -bo 的發音可以是 /bɒ/，也可以是 /bə/。

　　當然，最重要的是把 -body 這部分以非重音讀出；至於 -body 的讀音，大多數英語學習者都會直覺地跟從 body 本身的讀法，但如果懂得讀成 /'bədi/，可能會另人刮目相看呢！

　　最後，回答本篇標題提出的問題：everyone 的讀法是 EV.ery.one，而 every one 則讀 EV.ery ONE。

小實驗

試運用上面提及的詞重音（word stress）法則，
讀出下列各字：
anyplace, everyplace, nowadays, somehow.

30　Comparable 的重音應放在哪裏？

英文有一些單字，擁有兩個重音模式（stress pattern），例如 contribute 可以是 CON.tri.bute，也可以是 con.TRI. bute；Distribute 可以讀 DIST.tri.bute，也可以是 dis.TRI. bute；兩種讀法的差異只是在重音的位置。所以，就算是第一次聽到另一種讀法，也能猜到對方要説的字。

另外有一些字，當中個別音節因應重音模式的轉變，而出現明顯的變化，例如 kilometer 可以是 KI.lo. me.ter，也可以是 ki.LO.me.ter。第一種讀法的第二個音節讀 /lə/，即 /'kɪləmiːtə/，第二種讀法的第二個音節是 /lɒ/，即 /kɪ'lɒmɪtə/，但兩種讀法仍然很接近。至於 advertisement，英式讀法是 ad.VER.tise.ment，美式讀法是 AD.ver.TISE.ment，第三個音節由英式的 /təs/ 變為美式的 /taɪz/，其餘三個音節的讀法則差不多。所以，就算第一次聽到美式的 /ædvər'taɪzmənt/，還是能猜到是 advertisement 這個字。

回到本篇標題的 comparable，如果你習慣讀 COM. pa.ra.ble /'kəmpərəbəl/，首次聽到別人讀 com.PAR.a.ble /kəm'perəbəl/，你也許以為讀錯了！反之亦然。因為兩種讀法分別太大了，但原來兩種讀法都可接受。

和 comparable 類似，同一個字有兩種重音模式，而兩種讀法聽起來很不同的還有 applicable 和 preferable：

applicable: AP.pli.ca.ble 或 ap.PLI.ca.ble
preferable: PRE.fer.a.ble 或 pre.FER.able

　　Com.PAR.a.ble 這種讀法可以說由動詞 compare 的 com.PARE 而來，不過這不構成固定模式，就像另一個動詞 admire 讀 ad.MIRE，但 admire 的形容詞卻只有 AD.mir.a.ble 一種讀法，沒有 *ad.MIR.a.ble 這種讀法。所以，英文字的重音模式，不一定可以從串法猜得到，下面便是幾個要特別留意的例子：

單字	誤讀	正讀
admiral	*Ad.MI.ral	AD.mi.ral
cucumber	*cu.CUM.ber	CU.cum.ber
estate	*ES.tate	es.TATE
infamous	*In.FA.mous	IN.fa.mous
mechanism	*Me.CHAN.i.sm	ME.chan.i.sm

　　總括一句，不要依賴單字的串法去決定它的重音模式，不清楚時還是要乖乖地查字典。

小知識

上面提到 preferable 有兩種讀法，但它的副詞 preferably 卻只能讀 PRE.fe.ra.bly。

31 物理科的英文不是 Physic 啊！

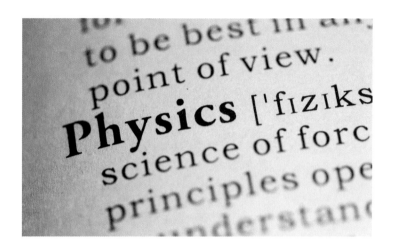

　　日常對話時，香港人免不了把英語粵音化，於是學生經常把物理科 Physics 說成 *「fee.食」，這在輕鬆交談中當然無傷大雅，但習以為常後，說英文句子時也說成 *I like fee.食，聽來便很礙耳了。Physics 的正確讀音是 /ˈfɪzɪks/，不但尾音 /-s/ 不能漏掉，而且中間的 -s 發的是 /-z/。

　　另一個也頗難讀準的科目名稱是 Geography（地理），大部分學生平日交談時都會說 *zok1 ga2，鮮有把 Geography 全字讀出，以致讀了多年地理科之後仍不懂得把 Geography 正確地讀成 /ʤɪˈɒgrəfɪ/——這是考究的讀法，前面的部分亦可以簡化為 /ˈʤɒgrəfɪ/。

　　至於數學 Mathematics，學生的日常對話中一定說成縮略了的 *met1 si2。其實 Mathematics 的縮略詞 Maths

---

🗨 語音術語話你知

　　主重音（primary stress）：一些多音節詞有多過一個重音，其中最重的重音就是主重音。

　　次重音（secondary stress）：多音節詞中比主重音（primary stress）較輕的重音。

（英式）或 Math（美式）也不易讀準，英式讀法 /mæθs/ 的尾音是輔音連綴（consonant cluster），中間的 th 發的是 /θ/ 音，本身已不易讀。

　　各個科目都有學術名詞，每一個名詞都有定義，定義 definition 又是一個在香港常被誤讀的字，許多人把 -nition 部分讀成 *nation；其實這裏的 -i- 跟從它的一般拼音讀法 /ɪ/ 就可以了，definition 就是 /ˌdefəˈnɪʃən/。

　　至於英文中常被讀錯的兩個字恐怕是 composition 和 comprehension 了，兩字的正確讀法分別是 /ˌkɒmpəˈzɪʃən/ 和 /ˌkɒmprɪˈhenʃən/，要注意的是兩字的首音節都是次重音（secondary stress），元音是 /ɒ/，不是 *ʌ/ 或 *ə/，兩字比較，composition 讀錯的頻率和程度比讀錯 comprehension 的更高。兩種誤讀都可能和它們的動詞 compose 和 comprehend 有關，因為 compose 和 comprehend 的第一個音節，的確是非重讀的 /kəm/ 呢！

小挑戰

英文科是 English，這個單字中間的 -g- 發不發音？

32　Ensure 和 insure 同音嗎？

　　Ensure 和 insure，串法不同，原來讀音卻是一樣的！

　　先看 insure，串法以 in- 開始，很自然就想到這個音節應讀成前置詞 in，這推測沒有錯，insure 讀作 in.SURE，即 /ɪnˈʃʊə/。但當我們以同一思路推敲 ensure 的讀音時，問題便出現了。

　　不錯，我們可以從 bent、hen、pen、send、ten 等字中推斷出字母 E 在這音節中的讀法，即 /e/，於是串 en 就讀 /en/，英文有不少以 en 開始的單字，的確這樣讀，例如：

　　end, energy, enter, entertain, entrance, entry, envelope, envious, envy.

　　上面一組單字中的 en- 都是重音，但當 en- 不作重音時，情況便不一樣了；這時候字母 I 讀作 /ɪ/，en- 就讀作 /ɪn/，即和前置詞 in 的讀法一樣，故此 ensure 的讀法和 insure 一樣，都是 /ɪnˈʃʊə/。

　　單字開始的 en- 不作重讀時讀作 /ɪn/，不只有 ensure 一字，這其實是一條規律，例如 enjoy 應讀作 in.joy，但很多香港人都讀作 *en.joy。下面一組以 en- 開始的單字，en- 都不作重讀，要讀作 in-：

　　1　engage: /ɪnˈɡeɪdʒ/
　　2　enliven: /ɪnˈlaɪvən/
　　3　enquire: /ɪnˈkwaɪə/
　　4　enquiry: /ɪnˈkwaɪəri/

5　enrich: /ɪnˈrɪtʃ/

6　enroll: /ɪnˈrəʊl/

和 en- 接近的有 em-，如 en- 讀 /ɪn-/ 一樣，這 em-也要讀作 /ɪm-/：

1　cmbark: /ɪmˈbɑːk/

2　emerge: /ɪˈmɜːdʒ/

3　employ: /ɪmˈplɔɪ/

4　empower: /ɪmˈpaʊə/

以下單字的 em- 同樣讀 /ɪm-/：

embargo, emit, emotion, employee.

順帶談談兩個同是以字母 E 開頭的字：economics 和 Evelyn。兩個字開頭 E 都有兩個讀音，一個是 /e/，一個是 /iː/；所以 economics 可以讀 /ˌekəˈnɒmɪks/，也可以是 /iːkəˈnɒmɪks/。Evelyn 的兩個讀法就是 /ˈevlɪn/ 和 /ˈiːvlɪn/。

小挑戰

Enquire 和 inquire 是否同音？

33　當 age 和 ate 出現在複音節詞末……

在香港沒有甚麼人會把 ate 讀錯，只需留意英式英語 ate 也可讀作 /et/。但當 -ate 出現在多音節詞（polysyllable）的末端，例如 certificate、considerate 和 unfortunate，這時候如果仍然把 -ate 說成 /eɪt/，即使聽的人明白，也不是最標準的讀法。

英文單音節詞（monosyllable）hate、late、mate 和 rate 的核元音（peak）的確是 /eɪt/，但 -ate 若是一個字的尾音節而不作重讀，同時這個字又是名詞或形容詞時，便要讀作 /-ət/，因此 certificate 應讀 /sə'tɪfɪkət/，而不是很多香港人說的 */sə'tɪfɪkeɪt/，以下是更多的例子：

1　appropriate: /ə'prəʊprɪət/
2　candidate: /'kændɪdət/
3　considerate: /kən'sɪdərət/
4　unfortunate: /ʌn'fɔ:tʃənət/

這個尾音節 /-ət/，亦可讀 /-ɪt/，但由於是輕音節，聽起來分別不大。

上面的例字都是名詞（candidate、certificate）和形容詞（appropriate、considerate、unfortunate），但當 -ate 結尾的單字是動詞時，這 -ate 結尾卻要讀回 /-eɪt/，例如：

1　congratulate: /kən'grætʃuleɪt/
2　discriminate: /dɪ'skrɪmɪneɪt/
3　retaliate: /rɪ'tælɪeɪt/

讀者可能已經想到，如果同一個字既是名詞或形容詞，同時又是動詞，它豈非有兩種讀法？這個觀察

💬 語音術語話你知
　　單音節詞（monosyllable）：只有一個音節的單字。

完全正確，appropriate 就是一例，它作動詞時便要讀作 /əˈprəʊprieɪt/。其他的例子有：

單字	名詞/形容詞	動詞
articulate	/ɑːˈtɪkjələt/	/ɑːˈtɪkjəleɪt/
elaborate	/ɪˈlæbərət/	/ɪˈlæbəreɪt/
estimate	/ˈestəmət/	/ˈestɪmeɪt/
subordinate	/səˈbɔːdɪnət/	/səˈbɔːdɪneɪt/

　　類似 /-ət/ 和 /-eɪt/ 的讀音分別，也出現在以 -age 結尾的多音節詞。香港人常把 passage 的尾音節讀作 *sage，說 image 和 usage 時，也用讀單音節詞 age 的核元音去讀 image 和 usage 的尾音節。其實當用作名詞或形容詞時，這結尾部分的 -age 讀 /-ɪdʒ/，故此 passage 是 /ˈpæsɪdʒ/，image 是 /ˈɪmɪdʒ/。其他的例子有：

advantage, beverage, cabbage, coinage, courage, coverage, luggage, message, mortgage, shortage.

　　當 -age 結尾的單字是動詞時，大部分情況都仍然讀 /-ɪdʒ/，例如：

damage, discourage, encourage, manage.

　　惟一例外的是 engage 和 enrage，結尾的 -age 讀 /-eɪdʒ/，即像 age，當然 engage 和 enrage 中的 -age 是處於重音位置。

　　有一些 -age 結尾的單字既是名詞或形容詞，同時又是動詞，-age 尾仍然一概讀 /-ɪdʒ/，例如 average、damage、package 和 salvage。

34　不要用懶音說 success

　　不少人說 success 一詞時，會把首音節說成像粵語的「實」，這處理有點像粵語中的所謂懶音，例如把「北」說作「不」，把「塞」說作「失」，把「測」說作「七」等等。當中的發音變化，用粵語拼音表示就清楚不過了：

北	bak1	不	bat1
塞	sak1	失	sat1
測	cak1	七	cat1

　　換句話說，懶音就是把原本以 -k 音結尾的字讀成以 -t 音結尾，在 success 這個例子裏，就把首音節 /sək/ 讀作 */sət/。（在語音學上這是否算「懶」，學者是有爭論的，這裏按下不表。）

　　把 success 讀成 *「實.cess」的，同樣會把 succeed 說或 *「實.ceed」，或把 exact 說成 *e.XAT，把 doctor 說得像 *daughter。四個誤讀都牽涉 unreleased /k/，即不完全發出的 /k/ 音。試讀出下列兩組單字。

　　第一組（以 /k/ 為起始輔音）：
cab, cake, cat, cool, cure, Kate, keep, kept, key, kick, kill.

　　第二組（以 /k/ 為尾輔音）：
arc, back, book, chalk, electric, luck, milk, panic, park, sick, traffic.

從這些例字，我們觀察到：

1　發 /k/ 的，常以字母 C 和 K 表示起首或結尾；
2　在起首和結尾的 /k/ 音都會給清楚地讀出。

Doctor、exact、succeed 和 success 都內含字母 C，但仔細一看，這本來可以發出來的 /k/ 都有另一個輔音緊隨其後：

1　doctor: /-ktə/
2　exact: /-kt/
3　succeed: /-k'si:d/
4　success: /-k'ses/

根據英文的發音習慣，在這種情況下的 /k/ 是不完整發出聲的，所以聽別人讀這四個單字時，一般不會聽到當中的 /k/ 音。假如堅持要把這 /k/ 音清楚地發出來，例如把 doctor 說成 doK.tor，也不能算錯，只是聽起來不大自然；其餘的 exact、succeed 和 success 中的 /k/ 情況也是一樣。

但是不發出來，並非表示我們可以完全忘記這個 /k/ 音，我們的發音器官仍然要先做足發 /k/ 音的動作，只是到了最後關頭，我們不把 /k/ 音完全發出。掌握這技巧，便能漂亮地說出 successful 這字了。

小實驗

試以上面描述的方法，讀出下列單字：
accept, access, actor, district, factory, picnic, subject.

35 如何地道地讀出 example 和 exercise？

Example 和 exercise 這兩個字，你必然聽過和説過無數次，但未必讀得十足準確和地道。

首先要弄清這 ex- 音節的核元音究竟是 /ɪ/（即像 sick 和 tick），抑或是 /e/（即像 beg 和 leg）；香港人多採用 /ɪ/，即把 exercise 説成 */ˈɪksəsaɪz/，其實 ex- 這部分的核元音是 /e/，exercise 最正確的讀法是 /ˈeksəsaɪz/。

那麼 executive 和 exit 的 ex- 部分應怎樣讀？是否凡 ex- 都讀 /eks/？那又不是，可看看下列兩組字。

第一組：

1　except: /ɪkˈsept/
2　expect: /ɪkˈspekt/
3　extent: /ɪkˈstent/
4　exterminate: /ɪkˈstɜːmɪneɪt/
5　external: /ɪkˈstɜːn(ə)l/

第二組：

1　excavate: /ˈekskəveɪt/
2　excellent: /ˈeksələnt/
3　execute: /ˈeksɪkjuːt/
4　exhale: /eksˈheɪl/
5　extra: /ˈekstrə/

原來 ex- 讀作 /ek-/ 很常見，但遇上像 excellent 和 extra，香港人大多繼續讀成 */ɪk-/，那就不夠準確了。

那麼，有沒有法則可以判別讀 /ɪ-/ 或 /e-/ 呢？例如看到 executive 和 exit，如何推敲出這 -ex 的讀法？有人嘗試找出一些規律，主要的考慮有兩個方面：

1　這 ex- 是重讀或非重讀；

2　緊接 ex- 的是甚麼性質的音。這樣的確可以推斷出 executive 的 ex- 讀 /ɪ-/，即 /ɪɡˈzekjətɪv/；而 exit 的 ex- 讀 /e-/，即 /ˈeksɪt/。

但更難捉摸的是，原來這 ex- 的核元音是 /ɪ-/ 時，也不一定是 /ɪks-/，也可以是 /ɪɡz-/，回看 executive 的音標，便會發覺這字的第二個音節像 'zek'，不是 *sek；下面第三組字的 ex- 便是讀作 /ɪɡz-/。

第三組：
exaggerate, examination, examine, example, exemplary, exhaust.

原來 example，是 /ɪɡˈzɑ:mpl/，但也可以讀 /ɪkˈsɑːmpl/；那麼又有甚麼法則幫助決定讀 /ɪks-/ 或 /ɪɡz-/？我的看法是，這些法則並不完全可靠；而且有些字像 example 和 exit，兩種讀法皆可。所以與其鑽研當中的法則，不如記着一些常用的字，例如 exaggerate、exam、example、excellent、exercise 和 extra 的正確的讀音。

小挑戰

哪個是 exotic 的正確讀法？

1 /ekˈspɪk/　　2 /eɡˈzɒtɪk/　　3 /ɪkˈzɒtɪk/　　4 /ɪɡˈzɒtɪk/

36　如何把前置詞 for 和 of 說得漂亮？

　　前置詞（preposition）是英語詞彙中最常用的詞類。一項調查顯示英文最常用的二十個單字中，前置詞佔了七個，分別是 at、for、in、of、on、to、with；前置詞既然這麼常用，用得好不好便大大影響我們的英文說得夠不夠動聽了。以上述七個字為例，香港人常說得不夠好的是 at、for、of 和 to。

　　人們掌握母語的發音，是出生後日復一日聆聽大人說的話而熟練的，以英語為母語的人為例，在他們見過 at、for、of、to 的寫法之前，已經掌握了它們在口語中自然的讀音。但我們在學校學習英語這個外語時，則被教導去認識這些字作為單字的讀音，at、for、of、to 的單字讀法分別是：/æt/、/fɔː/、/əv/、/tuː/。

　　這些單字的讀法，稱為強讀式（strong form），但原來在連貫言語（connected speech）中，大多情況下應該用弱讀式（weak form）：

1　at: /ət/　　　　2　for: /fə/
3　of: /əv/　　　　4　to: /tə/

　　你會發現弱讀式採用的核元音全部都是 /ə/，原因不難明白，因為英語的單字和語句中，有重讀（stressed）音節和非重讀（unstressed）音節，非重讀音節大多採用 /ə/ 作為核元音，而在連貫語句中，前置詞通常不須特別強調，所以大多以非重音說出，例如：

🗨 語音術語話你知
　　強讀式（strong form）：單字重讀時的發音方式。
　　重讀（stressed）：指多音節字中某些音節以較重力度讀出。

1 a box of (/əv/) chocolate

2 See you at (/ət/) lunch.

3 This is for (/fə/) you.

4 time to (/tə/) go home

In、on、with 卻沒有弱讀式的讀法，但仍然要注意它們在句子中間出現時，不宜用太強的力度說出。

At、for、of、to 在某些情況下是要採用強讀式的，例如出現在句字的末端：

1 I don't want *to*.

2 This is worth fighting *for*.

3 What are you laughing *at*?

4 What is she fond *of*?

又或者出現在句子中間而要特別強調，例如：

I work *at* this company, but I don't work *for* its boss.

在大多數情況下，如果能夠採用弱讀式的 /ə/ 去說出 at、for、of、to，你的英語立即動聽得多。

小知識

Of 的結尾輔音是 /-v/，但弱讀時多數會弱化為 /-f/。

37　從 says 和 southern 反思何謂正確讀音

何謂英語的標準口音（standard accent）？在五、六十年前，這問題還較易討論，但到今天，這概念已經日漸模糊，甚至接近消失。今天學術界流行的術語是 World Englishes!（你沒有看錯，是複數的 Englishes!）

你也許聽過 King's English、Queen's English、Oxford English 和 BBC English 等術語，它們都意味着較標準、較有教養、或社經地位較高的英語口音，電影《窈窕淑女》（取材自蕭伯納 George Bernard Shaw 所著舞台劇 *Pygmalion*）充份反映了這個觀念，賣花女 Eliza Doolittle 為了攀上上流社會，特別跟從 Professor Higgins 重新學習標準口音，最後成功成為淑女。

而在語音學（phonetics）中，由語音學家 Daniel Jones（1881–1967）開展的對英語發音的研究和描述，都是以稱為 Received Pronunciation（RP）的口音作為標準；RP 是一種跨地區、反映教育程度的口音。尤其在外語教學中，一直被視為發音標準。這標準除了規範音素（phoneme）的發音外，也為個別字定下正確讀音。

記得唸中學時，第一次聽到英文老師指出 says 的正確讀法是 /sez/，southern 的正確讀法是 /'sʌðən/，覺得大惑不解。Says 不是 say 加尾音 s 嗎？Southern 不就是 south 加輕音 /ən/ 嗎？但是既然 /sez/ 和 /'sʌðən/ 才是「正確」讀法，我們自然要跟從了。

　　到後來老師說 medicine 的正確讀法是兩個音節的 /'medsən/ 而不是三個音節的 /'medəsən/，often 如果發 t 音便是錯，almond 的 al- 不是 /æl/ 而是 /ɑː/，我都照單全收，甚至日後聽到母語人士採用「錯」的讀音時，還以為他們不懂這些字的「標準」或「正確」的讀法。

　　到了今天，「標準口音」和「正確讀音」的概念已經很模糊，大前天我在網上搜尋 says 和 southern 的當代讀法，在討論區的確有不少討論，有人跟傳統說 /sez/，也有人跟串法說 /seɪz/，但所有的母語討論者，只會說在加拿大他們怎麼讀，美國人就說在美國怎麼讀，澳洲人就說在澳洲怎麼讀……若不涉地域，討論者就說他們自己會怎樣讀，或問有沒有聽過另一個讀音。在討論當中，完全沒有「標準」或「正確」的概念。

　　不過對英語學習者來說，並不表示不需要注重發音，把 friend 讀作 *fen，lounge 讀作 *launch，name 讀作 *nem，把字母 L 讀 *EL.lo，bed 和 bad 不分，pull 和 pool 不分，ship 和 sheep 不分，/f/ 和 /v/ 不分，/n/ 和 /l/ 不分，把 TEM.plate 讀作 *tem.PLATE……仍然有問題。能夠掌握較規範的發音，在學業和職場上始終是一項優勢。

小知識

法國有權威組織 Academie Francaise 去規範法語的使用。英國也有 The British Academy，但卻沒有規範英語的功能。

38 英文其實有多少個「音」？

英文其實有多少個「音」？

打開英語字典，通常會找到一個圖表，上面列出所有英文的「音」，以英式英語為例，會列出44個音，當中包括20個元音和24個輔音。

但實際情況卻複雜得多，試比較下表中各基本音在不同單字中的實際讀法：

基本音	試比較……	基本音	試比較……
/d/	deep vs bed	/t/	tie vs try
/d/	dear vs dwell	/t/	tin vs twin
/d/	dye vs dry	/iː/	he vs heat vs heed
/l/	law vs plot vs all	/aɪ/	eye vs ice
/t/	tea vs eat	/aʊ/	cloud vs clout
/t/	tick vs stick		

上表只選取了44個基本音中的6個，只要細看表中的字例，就可以察覺英語實際的「音」遠遠不只44個，例如 deep 中的 /d/ 明顯比 bed 中的 /d/ 濁音（voiced sound）程度高；Law 中的 /l/ 稱為 clear-l，all 中的 /l/ 稱為 dark-l，實際真的沒有 clear-l 的 /l/ 那麼清晰；Tick 中的 /t/ 是送氣的（aspirated），stick 中的 /t/ 卻是不送氣的（unaspirated）；Heat 中的 /iː/ 比 heed 的 /iː/ 短；而 eye 和 ice、cloud 和 clout 除了長度的分別，實際聽起來亦有明顯的分別。

🗩 語音術語話你知

送氣的（aspirated）：發輔音時，有比較顯著的氣流出來。

不送氣的（unaspirated）：發輔音時，沒有顯著的氣流出來。

音素變體（allophone）：一個基本音素實際應用時出現的微小變化。

標音法（transcription）：以符號把語音表示出來的方法。

如果我們繼續列出其他的基本音去逐一分析，會找到更多不同讀法的例子。至此可以下一個結論：英文有44個基本音，但每個基本音在實際單字中會出現不同讀法。

在語音學中，一個語言的基本音稱為音素（phoneme），實際使用時不同的變化稱為音素變體（allophone）。究竟英文有多少個 allophone，沒有人說得準，因為當中除了字詞本身的環境外（例如 banknote 中的 /k/ 怎樣處理），還涉及不同人發音習慣的分別、地域的分別、個人社會背景的分別⋯⋯

也許你會問，既然有這麼多的音素變體，那麼標音法（transcription）應該如何處理呢？這正是下一章要討論的課題。

小知識

英文的20個元音，是指 vowel sound，vowel sound 再分為12個單元音（monothong）和8個雙元音（diphthong）。

單元音（monophthong）：發音時，舌位、唇形、開口度始終不變的元音。
雙元音（diphthong）：兩個元音聯合而成，作為一個整體出現，由第一個元音平滑地過渡到第二個元音。

39　如何注音和何謂國際音標？

　　上一篇說到，翻開英文字典，會找到英語的44個音素（phoneme），但每一個音素在真實單字中都會出現輕微的變化，即音素變體（allophone）；例如hit、stick和tick中的 /t/ 其實不完全一樣。那麼，標音系統（transcription system）應怎樣標注讀音？

　　其中一個方法就是把所有的變體臚列在標音系統中，例如用符號甲表示hit中的 /t/，符號乙表示stick中的 /t/，符號丙表示tick中的 /t/……這樣一來，這個音標表豈非要包含數百甚或上千的符號，變得繁瑣而不實用？一個實用的音標系統，應該以最少的符號，包含最多的讀法可能性。

　　幸好音素變體也是有規律的，當 /t/ 出現在音節末，例如hit，這個 /t/ 只需要輕微的送氣，或甚至不完全發出（unreleased）；若跟隨 /s/，像stick，則這 /t/ 一定是不送氣的（unaspirated）；而tick的 /t/，出現在音節起始位置，一定是送氣的（aspirated）；認識這些規律，便能準確地讀出 /sent/（sent），/stænd/（stand）和 /tæn/（ten）中各個不同的 /t/ 音了。

　　我們日常應用的國際音標（IPA: International Phonetic Alphabet）注音，或在採用國際音標的字典中的單字注音，都是使用44個音素符號（以英式英語為例），使用者要運用他們對英語發音的已有知識，去調整單字的讀法。例如在注音中 /l/ 出現在音節末，便知道這要讀

🖵 語音術語話你知

標音系統（transcription system）：由某語音學家或組織製訂用以標音的一套架構。

作 dark-l，如果 /iː/ 後面緊隨着 /k, p, t/ 等清輔音（voiceless consonant），則這個 /iː/ 便要略為縮短。

國際音標是由國際語音學學會（International Phonetic Association）頒佈的。我們日常見到的英語國際音標表，嚴格來說是衍生自國際音標總圖表（IPA chart），這個總圖表網羅了人類語言的主要音位，其中很多符號，我們見也沒見過呢。所以，除非是語音學家（phonetician），一般人認識的國際音標只是整理自國際音標總圖表用來標注英語發音的注音系統。

小知識

要看看 IPA chart, 可前往以下網頁：
https://www.internationalphoneticassociation.
org/content/full-ipa-chart

40 Principal 和 principle 是否同音？

　　幾年前在報章教育版看到一則中學招聘校長的廣告，赫然發現廣告以大字體把 Principal 錯誤地串作 *Principle。

　　原來 principal 和 principle 的讀音完全一樣，都是 /ˈprɪnsəpl/，在語言學中，兩個相同讀音但不同串法和意思的字詞稱為同音異義詞（homophone），principal 和 principle 就是同音異義詞。

　　常見的同音異義詞還有：

cell	sell	one	won
dear	deer	seam	seem
fair	fare	see	sea
hair	hare	son	sun
I	eye	steal	steel
nun	none	write	right

　　有些字看來像同音異義詞，其實卻不然，例如 sale 和 sell，但 sale 是 /seɪl/，sell 是 /sel/；還有 marry 和 Mary，marry 是 /ˈmæri/，Mary 是 /ˈmeəri/。

　　也有一些看上去不像 homophone 的字，其實是 homophone，像下面這些：

aisle	isle	profit	prophet
course	coarse	root	route
dam	damn	sew	sow
flower	flour	sure	shore
poor	pour	toe	tow

🗨 語音術語話你知

同音異義詞（homophone）：兩個讀音相同，但意義不同的單字；串法可能相同，也可能不相同。

　　Homophone 的存在，很容易引致串錯字，上面提過的 principal 和 principle 就是一例。在下面的告示中，餐廳要說的是免費（complimentary）飲品，但你注意到這個字怎樣給串錯了嗎？

　　有些字在「我手寫我口」的情況下，就是以英語為母語的人也會串錯，例如：

1　it's → its
2　their → there
3　your → you're

捧腹大笑
Funny language

41　Salesperson 不是「sell 屎」

香港人在商場最喜歡見到的一個字就是 sale，但不少人卻把它誤讀為 *sell，連「推銷員（salesperson）」也在日常交談中被說成「sell 屎」，那麼把 salesman 說成 *sellsman，便不足為奇了。這裏涉及的錯誤，是用單元音（monophthong）/e/ 替代了雙元音（diphthong）/eɪ/。

英文的元音分為單元音和雙元音，單元音有長有短，例如 seat 的 /iː/ 是長的單元音，sit 的單元音 /ɪ/ 是短的（見第 2 章。）；但雙元音全都是長的，例如 /eɪ/。所以包含雙元音 /eɪ/ 的單字 day、game、lay、name、save 都要讀得夠長，不然就會像一些小朋友一樣，把 My name… 說成 *My nem…；而大人把「打 game」說成 *「打 gem」，這些都是把 /eɪ/ 音縮短的結果。

其實粵語也有接近英語 /eɪ/ 的韻母，例如「你、希、比、奇」等，不過粵語的 eɪ 相對比較短，若比較英語 hey 和粵語「希」，「希」發音略短於 Hey。

用單元音 /e/ 代替雙元音 /eɪ/ 這個誤讀，極常見於以 -ail 結尾的字中。下列各對字，首字的讀法是 /-eɪl/，但稍微懶惰，便會讀成次字的 /-el/：

/-eɪl/	/-el/	/-eɪl/	/-el/
bail	bell	sail	sell
fail	fell	tail	tell
jail	gel	Yale	yell
hail	hell		

還有一些 /-eɪl/ 常被誤讀作 /-el/ 的單字，例如把 mail 讀作 */mel/，其他例子有：

pail, pale, rail, veil.

不過，更常見的誤讀，恐怕是以下各組字，首字的 /-eɪk/ 被誤讀成次字的 /-ɪk/：

/-eɪk/	/-ɪk/	/-eɪk/	/-ɪk/
cake	kick	sake	sick
lake	lick	take	tick
make	Mick	wake	wick

最後一提，break 原來也要讀 /breɪk/，和 brick 是不同的呢。

小實驗

請準確讀出下列各對字，注意其中的單元音或雙元音：

cake	kick	hail	hell	sake	sick	tail	tell
fail	fell	lake	lick	sail	sell	take	tick

42 「佢好 kill」還是「佢好 cute」？

看見可愛的人或物，不少香港人都想用 cute（可愛的）表示讚嘆，但往往把 cute 說成港式讀法 *kill！

不過要準確地讀出 cute，也的確不容易，讓我們先比較兩個字的音標：

1　cute: /kjuːt/
2　kill: /kɪl/

除了尾輔音 /-l/ 和 /-t/ 不同，就連核元音都不同。Kill 的核元音是 /ɪ/，cute 的則是 /uː/，/uː/ 是 loo、too 和 zoo 字的核元音；但令整個 cute 字聽起來有點像 kill 的原因，是 cute 的起始輔音 /k-/ 後的 /-j/。偏偏這 /j/ 正是香港人常忽略的。

/j/ 常在以字母 y 為首的串法中，作為單字的起始輔音出現，例如 yam、yay、yen、yes 和 youth 等。這五個字都以字母 y 表示 /j/。所以當我們看見音節起始字母是 y 時，都會懂得發 /j/ 音，例如看見 yacht，就算是陌生的

單字，都會猜到讀 /j-/。問題是在 cute 一字的串法中完全無 /j/ 音痕蹟，難怪很易讀錯。

不要以為 cute 是個別例外，原來一些常用英文字，都有隱藏的 /j/ 音：

cue	/kjuː/	music	/'mjuːzɪk/
few	/fjuː/	new	/njuː/
fuel	/'fjuːəl/	pure	/pjʊə/
huge	/hjuːdʒ/	tune	/tjuːn/

所以從此不要把 few 讀成 *fill，把 music 的首音節讀作 *miu，把 pure 讀成 *「飄牙」。由此，我們也知道 beautiful 不是 *「錶.tiful」了。

上面的例子中 cue 這串法也出現於 barbecue，那麼 barbecue 的 cue 部分是否也包含 /j/？答案是肯定的，應讀作 /'baːbɪkjuː/，即 barbecue 的尾音節不是 *「橋」。

再看 new 和 tune，美式英語中讀音分別是 /nuː/ 和 /tuːn/，沒有 /-j-/ 音，但仍是長元音 /uː/，這是要特別留意的。

小實驗

試找出下面各字中 /j/ 音所在，並準確讀出單字：
accuse, argue, due, peculiar, queue, secure, suit.

43　不要把 Dad 説成 dead

這真是有點「大吉利是」，但在香港，經常聽到有人把 Dad 説成 dead。

Dad 和 dead，涉及兩個香港人總是分不清楚的元音 /æ/ 和 /e/，Dad 讀作 /dæd/，核元音是 /æ/，例如 bad、chap 和 pack 都以 /æ/ 為核元音；而 dead 讀作 /ded/，核元音是 /e/，相同核元音的有 Ben、fed 和 get。/e/ 和 /æ/ 的發音的確很相似，但只要小心聆聽，還是可以聽到明顯的區別。簡單來説，發 /æ/ 音時嘴要着意地比 /e/ 張得更開。

但粵音沒有類似的情況，粵語有 e，例如「些、且、呢、嘅」，卻沒有接近 /æ/ 的韻母。所以沒有把英語 /e/ 和 /æ/ 分辨好的香港人，多數是把兩個元音都説成 /e/，即把 dad 和 dead 説成同音字。

但碰巧地，不少以 /e/ 為元音的英文字，都有對應以 /æ/ 為元音的字。看看下表，便知道問題不是只有 Dad 和 dead 那麼簡單：

/e/	/æ/	/e/	/æ/	/e/	/æ/
bed	bad	kettle	cattle	pen	pan
beg	bag	led	lad	said	sad
Ben	ban	lend	land	send	sand
fed	fad	men	man	set	sat
head	had	met	mat	ten	tan

💬 語音術語話你知
　　重音（stress）：一個字、短語或句子中重讀的音。

　　由上表可見，若不能清楚區分 /e/ 和 /æ/，真是影響深遠啊！但我們也能從上表看出，要知道何時讀 /e/、何時讀 /æ/ 並不難，如果字的串法以字母 E 為元音，則讀 /e/；如果以字母 A 為元音，則讀作 /æ/。上面的例子中惟一要注意的是 had，需要強調時，它的重音（stress）讀法是 /hæd/，但大部分時間都以弱讀式（weak form）讀作 /hed/。

　　除 dead 外，注意一些其他串法含 ea 的字，也以 /e/ 為元音，例如 bread、head、lead（名詞）、meadow、read（read 過去式）和 zealous。還有 many，雖有字母 A，但讀 /'menɪ/，不讀 */'mænɪ/。

　　那麼 said 呢？原來元音也是 /e/，不要和 sad /sæd/ 混淆啊！

小實驗

試準確讀出每對單字：

/e/	/æ/
bury	Barry
merry	marry
pedal	paddle
semi	Sammi

44　你會説 sorly 還是 sorry?

　　在港式日常對話中，不難聽到有人把 sorry 説成 *sorly，這其中當然有搞笑的成份，但從語音學來説，這個把輔音 /r/ 説成 /l/ 的現象，也有它們容易混淆的原因。

　　從發音位置來説，/r/ 和 /l/ 都用舌尖；從發音方法來説，兩個音都是近似音（approximant），所以英語發音練習書中經常出現幫助學生區分 /l/ 和 /r/ 的練習，例如：

Ray	lay	right	light
raw	law	rot	lot
red	led	row	low

　　粵語聲母中有 l，卻沒有 r，所以如果有人把 sorry 説成 *sorly，的確有語音學上的可能。記得讀小學時，不少同學把所有的 /r-/ 説成 /l-/；但我留意到這情況近年有很大的改善，今天把 red、right、rot 説成 *led、*light、*lot 的香港人並不多。

💬 語音術語話你知

　近似音（approximant）：發音時兩個發音部位彼此靠近，但並不觸碰而發出的音。

　　反而有時聽到一些小學低年級的學生，或説話時慣性口齒不清的成年人，把 /r/ 説成類似 */w/，於是他們的 red 像 *wed，rot 像 *what，raw 像 *war，而 tram 便像 *twam！

　　我們多數聽過發 /r/ 音要捲舌的説法，發 /r/ 音的確要捲舌，但實際捲的程度不是想像那麼大，只是舌尖提起略微向後彎。有些人可以做到「震音」的效果，這個 /r/ 音被稱為 trilled r 或 rolled r，部分蘇格蘭人和舞台劇演員都可以做到這個會「震」的 /r/，在英文詩朗誦中也常被採用。

　　一般來説，/r/ 音難不到香港人，但我的經驗中不少人説 three、threw、throne、through、throw 時，卻頗感困難。這是由於輔音組合 /θr-/，發音時要先把舌尖放在上下牙之間發 /θ-/ 音，緊接着又要縮回口腔內做上面描述的 /r/ 音。換句話説，舌尖要在短時間內完成很多動作，才能正確發出 /θr-/，難怪一些人走捷徑把 three 説成 *free，而這些走捷徑的，竟然包含不少英國本土人！

　　而如果你聽到有人把 three 讀成 *tree，他大有可能來自新加坡。

小知識

上面提過 /r/ 易誤讀成 */w/；但串法以 wr- 開始的字，例如 wreck、wrong、wry，這 W 一定不發音！

45　英語教師是 ENGlish TEACHer 還是 ENGlish teacher？

以下一組跟學校生活有關的字，你會怎麼讀？

blackboard, classroom, homework, notebook, playground, whiteboard

大部分人都會以正確的詞重音（word stress）讀出 playground，即 PLAY.ground，但就把其餘的讀作 *BLACK.BOARD、*CLASS.ROOM、*HOME.WORK、*NOTE.BOOK 和 *WHITE.BOARD，即兩個音節都以重音讀出。

這些單字有兩個特性：

1　由兩個單字組成，即如 class 和 room；

2　有多過一個音節。也許受單音節（monosyllabic）的中文字影響，我們讀英文的複合詞時，很容易將其中的每個單字以同樣的重音讀出，但其實上面一組字的正確讀法是：

BLACK.board, CLASS.room, HOME.work, NOTE.book, WHITE.board.

再小心分析，會發現這些複合詞都是名詞，而複合名詞的重音，十之八九都放在前面的詞，下面更多例子：

第一組：bedroom, football, handbag, landlord, lighthouse, menswear, newspaper;

第二組：air-crew, chat-room, check-in, woman-doctor;

第三組：bus stop, common room, dinner table, police station, post office, tin opener.

　　也許你會說問，第二組和第三組也是複合名詞嗎？對！複合名詞有些像第一組寫成一個單字，有一些像第二組由連字符（hyphen）連成，但也有像第三組的，仍然以兩個字的形態出現。（注意第二組的單字也有人不用連字符，例如 chatroom。）

　　讀上面的複合名詞時，都是把重音放在首字，次字以較輕聲讀出。

　　當然，假如我在街上看見一塊黑色的木板，那麼我會說那是 a black board，而不是 a blackboard 了，這時候 black 是形容詞，a black board 不再是複合名詞了。

　　English teacher 可以指英國的（形容詞）教師，如果指的是英語（名詞）教師，English teacher 便是複合名詞了，那就要用複合名詞的讀法，即 ENG.lish teacher。

> ## 小實驗
>
> 試以正確的詞重音讀出下面四組詞語：
> 1　a dark room, a darkroom;
> 2　a gold fish（金飾）, a goldfish;
> 3　a green house, a greenhouse;
> 4　a white board, a whiteboard.

46 Pleasure 和 pressure 帶來的笑話

其實要掌握一種外語發音，並不容易；不過讀錯單字，又的確會帶來笑話。例如香港人常把 claim（聲稱；要求）說作 *clam，但原來 clam 指「蛤」；把 food（食物）說成 */fʊd/，便像說 /fʊt/，即指「腳」。以下談幾個我聽過的例子，不是要取笑他人，而是要指出良好發音的重要性。

話說有一名德國的海岸防衛隊成員，一天當值期間收到來自附近大海中一艘輪船的船長所發出的無線電口訊，船長慌張地說：'We are sinking; we are sinking.'

海岸防衛隊成員聽到後，好奇地回問船長：'What are you thinking about?'

原來基於德文的發音體系，防衛隊成員把 We are sinking; we are sinking 誤聽成 We are thinking; we are thinking!

第二個笑話當中，一名在英國的日本留學生探訪當地一個家庭，並和英國主人一起用膳，期間日本留學生想借用主人的餐刀，於是向他說：'I want your life'。

當然純是笑話，日文中有 /n/ 音，例如 Namba、ninja、Nippon、Nippori，所以把 knife 說成 *life 的機會其實不大。

第三個逗笑場面發生在國內一班航機上，服務員的英語廣播中，出現以下的語句：

'Good afternoon, ladies and the german …
This is your cheap purser speaking …

On behalf of China Sudden Airlines, …
It is a great pressure serving you …
Should you need any assistance, peace pest the call button …
Meanwhile, the airkwaft is going to fry …
Hope you would enjoy your fright with us …'

　　上面的 *airkwaft 和 *peace 只是發音不夠準的問題，但是其他的誤讀，卻帶來使人發笑的歧義了：

1　*the German（應是 gentlemen）；
2　*cheap purser（應是 chief purser）；
3　*China Sudden Airlines（應是 China Southern Airlines）；
4　*a great pressure（應是 a great pleasure）；
5　*peace pest the call button（應是 please press the call button）；
6　*is going to fry（應是 is going to fly）；
7　*enjoy your fright（應是 enjoy your flight）。

　　上述的 pleasure 和 pressure，不少香港人也會混淆，我就真的在香港人辦的航空公司的航機上，聽到服務員在降落前宣佈 It has been a *pressure serving you 呢！

小知識

有個英文俚語詞 Engrish，指亞洲地方說得不標準的英語，尤其指日本人說的英語。

47　Walking stick 是拐杖還是會走的竹枝？

　　這裏不討論告示中「危險」的究竟是游泳池還是游泳這個活動，而是要讀者注意，swimming pool 這個字應怎麼讀？

　　Swimming pool 是以 -ing 為首的單字，一不留神，讀這些字又會墮入讀錯重音的陷阱。先前談過 a black board 和 a blackboard 的分別，以及 an English teacher 的兩種讀法，上述兩例的讀音分別繫於首字 black 和 English 是形容詞還是複合名詞的一部分。以 -ing 為首的單字，重音模式也一樣。

　　例如 a walking stick 是「拐杖」，但不要忘記，在神話故事中，a walking stick 也可以指「正在步行的竹枝」；同樣，a dancing shoe 一般指供跳舞鞋，但在神話故事中，a dancing shoe 可以是一隻正在跳舞的鞋。不同的意思，當然要以不同的重音模式讀出。跟 black board 和 blackboard 的情況一樣，若那是複合名詞，重音便落在首字：

名詞短語（noun phrase）	複合名詞（compound noun）
dancing shoe	dancing shoe
walking stick	walking stick

🗨 語音術語話你知
　　聲調（tone）：音節發出時的高低音。

不要以為這些「-ing + 名詞 → 複合名詞」的字不多，下面全都是常見以 -ing 字為首的複合名詞：

chewing gum, drinking fountain, fishing boat, fitting room, hearing aid, living room, masking tape, sewing machine, shaving cream, sleeping pill, swimming pool, tipping point.

所以飲水機 drinking fountain 不是 <u>drink</u>ing <u>fountain</u>，而是 <u>drink</u>ing fountain；Swimming pool 不是 <u>swim</u>ming <u>pool</u>，而是 <u>swim</u>ming pool；引發點 tipping point 不是 tipping <u>point</u>，而是 <u>tipping</u> point。

上面的複合名詞若單獨存在，重音便放在首字，中心詞（headword）──即 fountain，pool，point──則以較輕的力度和較低的聲調（tone）讀出。複合名詞出現在句末，仍是這麼讀。但如果複合名詞出現在句子中間，那麼複合名詞中主詞的聲調就會被拉高，下面句子3中的 pool 便屬這種情況。

1　a swimming pool
2　That's a swimming pool.
3　There's a swimming pool in the park.

小實驗

試以準確的重音模式讀出下列複合名詞：
fishing rod, frying pan, recycling bin, parking space, sleeping bag, steering wheel, stepping stone.

48 把 friend 說成 'fen' 出了甚麼錯？

本篇標題所問的問題，和數年前發生在某議員身上的「瘀」事，都和英語發音體系有關。當年一位議員被英語傳媒採訪，問他怎樣應付新挑戰，他原來是想說 I'll try my best，但不幸地把 best 說作 'breast'，因為這個發音錯誤，他足足給取笑了半年。

英文有所謂 consonant cluster（輔音連綴），即一個以上的輔音連在一起，friend 前面的 /fr-/ 正是一例，/fr-/ 包含輔音 /f/ 和 /r/；再細看，則會發現結尾的 /-nd/ 都是輔音連綴。如果把 friend 讀作 *fen，就是把 /fr-/ 這連綴錯誤地以單輔音取代。

粵語沒有輔音連綴（雖然粵語有 /gw-/ 音，例如瓜、歸、貴、廣這些字的聲母；和 /kw-/ 音，例如規、誇、葵、褂這些字的聲母），如果我們沒有輔音連綴的發音意識和敏感度，忙亂中便會把 best 讀成 'breast'，即把單輔音的 /b-/ 誤讀成 */br-/。

輔音連綴對我們來說其實並不陌生，我們熟悉的 black、bring、fly、fry、play、pray、slip 等字的音節頭（onset）都是輔音連綴；至於出現在音節尾（coda）的 hoped、kept、least、leaves、month、risk 等，對香港人來說一般也不是問題。

不過的確有一些輔音連綴的字，單一的輔音就已不易發，連續來兩個就更難了，例如 three，先要發 /θ/，然

💬 語音術語話你知
音節頭（onset）：音節的起始部分。
音節尾（coda）：音節的結尾部分。

後舌頭要馬上轉到 /r/ 音的位置。這也許解釋了為甚麼一些倫敦人也會把 three 說 *free，不知這算不算懶音！

在音節頭的輔音連綴有可能多至由三個輔音組成，例如 spr- 和 str-，所以 sprain 會比 Spain 難讀，而 stream 又會比 steam 難讀。

音節尾的輔音組合，情況更複雜。假如你覺得 sixths 難讀，這不難理解，它的尾輔音連綴是 /-ksθs/。讀一讀 twelfths，情況也一樣。

說回文首的 friend, 其實香港人可以完全讀準 friend、fruit、fry 等字，只不過在日常交談中故意把 friend 說成 *fen，體現了粵語沒有輔音連綴這特色罷了。

小知識

輔音連綴一般可以由字的串法看出，但也有一些情況，是不能從串法直接看到的，例如 few 和 pure，首輔音 /f-/ 和 /p-/ 後面都有另一個輔音 /j/；Few 是 /fjuː/，pure 是 /pjʊə/。

49　原來 Facebook 不讀 faceBOOK

　　香港人在交談時說到 Facebook，都會將其中的兩個音節，以同等重音讀出。其實 Facebook 作為單字的正確讀法是把重音放在 Face，而 book 就以非重音讀出，即 FACE.book。

　　這當中不是沒有規律的，我們看看下面一組名詞，留意一下它們的組成，然後讀一讀，便不難理解 Facebook 為甚麼應讀 FACE.book：

　　blackboard, blueprint, cupboard, desktop, keynote, notebook, paintbrush, sketchbook.

　　這些都是兩個音節的名詞，都由兩個單字結合而成，可見組成的名詞大多以首音節為重音。說到這裏，如果我再提及 kindergarten 和 supermarket，你也許已意會到日常的讀法有問題！

　　Kindergarten 和 supermarket 都是四個音節的名詞，但香港人大多把重音放在第三個音節，即 *kin.der.

GAR.ten 和 *su.per.MAR.ket，誰知這兩個名詞和上面的一組一樣，重音放在首音節，即讀 /'kɪndəgɑ:tn/ 和 /'su:pəˌmɑ:kɪt/。

一個單字的重音模式，很多時可以從其串法猜出，看着 December 和 remember 的串法，很自然會猜到讀 de.CEM.ber 和 re.MEM.ber，但有時也會猜錯的，英文 lavender 一詞，指薰衣草，曾經一度經常被誤讀為 *la.VEN.der，但真正的讀法是重音在首音節，即 LA.ven.der；不過近年 *la.VEN.der 這誤讀已較少聽到。

在教學領域，有兩個名詞也因串法而被誤讀，一個是 pedagogy（教學法）常被誤讀為 *pe.da.GO.gy，另一個是 scaffolding（建構），常被讀作 *scaf.FOLD.ing, 其實正確們讀法都是重音在首音節，即 PE.da.go.gy 和 SCAF.fold.ing。

在歷史和地理科常會出現的 European 也要小心，European 由 Europe 衍生出來，説 *Eu.RO.pean 似乎自然不過，偏偏它的主重音在第三個音節，即讀 /jʊərə'pi:ən/。

小知識

Starbucks 也和 Facebook 一樣，不是讀 star.BUCKS，而是 STAR.bucks。

50　説 effort 不要用過大的 effort

像 better、cinema、dinner、doctor、sister、supper 等單字，結尾的音節都以簡短的 -a、-er 或 -or 等串成，而且是非重音，於是我們都很自然會採用輕聲的 /ə/ 讀出；但遇見像 effort 這樣的字，尾音節串作 -fort，我們很容易被 fort 原來的讀音 /fɔːt/ 影響，把 effort 讀作 */'efɔːt/，這是在香港經常聽到的讀法。

其實英語發音其中一個基本原則，就是一個多音節詞的尾音節，如果不是重讀，則盡可能發輕聲的 /ə/，effort 亦一樣，-fort 部分應讀 /-fət/，整個字就是 /'efət/。

另外兩個和 effort 相似的例子是 method 和 Oxford，香港人也常把 method 的尾音節讀作 */θɔːd/，把 Oxford 的尾音節讀作 */fɔːd/。其實和 effort 一樣，把兩個字的尾音節改為用輕聲的 /ə/ 讀出，即 /'meθəd/ 和 /'ɒksfəd/，馬上就動聽起來了。

另外一組常因尾音節的串法而誤讀的字是：
backward, coward, forward, Howard, onward.

這些字的尾音節不是我們經常聽到的誤讀 */wɜːd/，事實上，backward 是 /'bækwəd/，而 forward 是 /'fɔːwəd/；至於 coward 和 Howard，則連當中的字母 W 都是不發音的，正確的讀音是 /'kaʊəd/ 和 /'haʊəd/。

下面再列出其他尾音節以 /ə/ 為元音的字例：

carrot, Charlotte, comfort, concert, future, parrot, pilot.

但也有一些字不依從這個原則，它們的尾音節雖然非重讀，但卻不讀 /ə/，而是用其他的元音，例子有 convert、expert、introvert 和 overt，正確的讀音分別是 /kən'vɜːt/、/'ekspɜːt/、/'ɪntrəvɜːt/ 和 /əʊ'vɜːt/。（Overt 也可讀 /'əʊvɜːt/。）

小挑戰

Blackboard 和 cupboard 的尾音節 -board 讀法相同嗎？

51 何時可以把 here 讀作 ear？

我們都知道當一個音節的串法以 H 為首，這 H 讀作 /h/，例如 happen、hardly 和 here，除非這字的 H 是不發音的（silent H），例如 honest 和 heir。但原來這 /h-/ 是一個很不穩定的音。

曾經有一段時間，倫敦的勞工階層把 /h-/ 略去，這讀法被認為沒有教養。電影《窈窕淑女》中的賣花姑娘 Eliza Doolittle 為了要攀上上層社會，跟從 Professor Higgins 學習上層社會口音，Professor Higgins 給她的其中一個訓練，就是要把下面句子中的 /h-/ 音全部讀出，不得省掉：

In Hartford, Hereford and Hampshire, hurricanes hardly ever happen.

到了今天，已鮮有人以口音去劃分人的階級了，但原來這 /h-/ 音，在日常說話時的確會不知不覺給省去了。在 could have gone、might have left、should have come 中 have 的 /h-/ 音幾乎例必被省去，以致有 could've、might've 和 should've 這樣的寫法。/h-/ 出現在其他的位置，也經常被省去。下面的例句中以字母 H 開始的字，/h-/ 音略去也無妨：

1　Give him the book.
2　I think he has left.
3　Tell Laura I love her.

4　They let him go home earlier.
5　They like his cooking.
6　We like his cooking.

Her、him、his 等單字省去 /h-/ 音後，變成以元音開始，如果前面的字以輔音結尾，便很自然出現連讀（linking）；以 let him 為例，him 省去 /h-/ 後變為以元音開始的 /ɪm/，let 的尾輔音是 /-t/，和 /ɪm/ 連讀後便變成 /ˈletɪm/。

這樣算不算懶音？如果你再朗讀上述的例句一次，並且一本正經地把 have、he、her、him、his 的 /h-/ 音發出來，會感到讀得很吃力，省略了卻讀得很自然。所以一些讀音上的變化，很多時是適應了發音時的難易。

小實驗

試讀出下列句子，讀的時候把 her、him、his 的 /h-/ 省去，並且和前面的字連讀。

1　Give her the book.
2　He broke his arm.
3　He told his friend.
4　Tell him to come.

52　Template 不是一種 plate

Template 一詞是談到電腦使用時常用到的，但很多時都被讀成 *tem.PLATE，即把重音錯放在 plate，正確的讀法應是 TEM.plate。

中文是一字一音節（syllable），英文字若有一個音節以上的，這些音節會分為重讀（stressed）和非重讀（unstressed）音節。一個複音節（multisyllabic）單字內哪些是重讀音節，哪些是非重讀音節，很多時都可以從串法猜出來，例如 painful 中形容詞後綴 -ful，差不多可以肯定是非重讀音節，而作為主詞（headword）的名詞 pain，肯定是重讀；又例如動詞 ensure，作為主詞的形容詞肯定是重讀，而動詞前綴 en- 則肯定是非重讀。

但我們也有猜錯的時侯，template 不是 plate 一種，*tem.PLATE 這讀法不是全無可能，但編編它卻是 TEM.plate；又例如 violate，這是動詞，重音在後的可能性頗大，偏偏它不讀 *vio.LATE，而是 VIO.late，即 /'vaɪəleɪt/。

另外幾個香港人常常弄錯重音（stress）位置的字有 goodbye、hamburger、rectangle 和 triangle；這幾個字的重音都是在第一個音節，即應讀作 GOOD.bye、HAM.burger、REC.tangle 和 TRI.angle。

🗨 語音術語話你知
多音節／複音節（polysyllabic/multisyllabic）：多於一個音節。

但是，有時同一個字也有兩種重音模式（stress pattern），例如 applicable 可以是 /ə'plɪkəbəl/，重音在第二個音節，也可以是 /'æplɪkəbəl/，重音在第一個音節；Controversy 是另一個例子，可以是 con.TRO.ver.sy，也可以是 CON.tro.ver.sy。

當然也有一些複音節詞的讀法會隨着時間而改變，contribute 和 distribute 的傳統讀法分別是 /kən'trɪbjuːt/ 和 /dɪ'strɪbjuːt/，重音放在第二個音節，但今天很多人都會說 CON.tri.bute 和 DIS.tri.bute，如果你說 con.TRI.bute 和 dis.TRI.bute，別人還以為你讀錯呢。

小挑戰

Legislative Council（立法會）中的 legislative 有四個音節，有多少個重音？重音在哪裏？

答案：一個重音，重音在第一個音節。

53 把 initiative 讀作 i.ni.ti.A.tive 便太有 initiative

從串法推敲出一個字的讀音，本來是個頗有效的方法，但推敲得過了頭，卻會造成誤讀，initiative 正是一例。

不少香港人把 initiative 讀成五個音節的 *i.ni.ti.A.tive，把重音放在第四個音節，看到 initiative 當中的 -tia-，再想到 appreciate、appropriate、substantiate 等單字，把 initiate 當中的 -tia- 當兩個音節讀出，並非毫無道理，但 initiate 的重讀音節在 -ni-，這便令 -tia- 部分縮短為一個音節的 /-ʃə-/，整個字的讀法就是 /ɪˈnɪʃətɪv/。

另一個因錯誤引伸而誤讀的字是 mischief 的形容詞。英文的確有以 -ious 結尾的形容詞，例如 industrious、mysterious 和 obvious，這些 -ious 的結尾部分讀 /-ɪəs/，但如果帶着這個概念把 mischief 的形容詞串作 *mischievious，再而把結尾部分讀作 */-ɪəs/，便大錯特錯了。有趣的是，母語是英語的人士也有機會犯上這個錯誤。Mischief 的形容詞是 mischievous，讀音是 MIS.chie.vous，即 /ˈmɪstʃəvəs/。

讀錯 mischievous 由串錯字而起，但讀錯 guidance 卻令人百思不得其解。英文的 abundance、attendance、avoidance 和 concordance 的結尾 -dance 部分，沒有多少香港人會讀錯，會把 guidance 串錯為 *guidiance 的也很

少，但偏偏在說話時，不少人會在 guidance 的 -d- 後面插入額外的 /ɪ/，把 guidance 讀成 */ˈgaɪdɪəns/，其實只要跟從 abundance、attendance 等字結尾部分的規律讀作 /ˈgaɪdəns/ 便對了。

　　要補充一點，前面提到的 industrious、mysterious 和 obvious，其結尾部分 -ious 讀作 /-ɪəs/，但其實不少以 -ious 結尾的單字，結尾的 -ious 讀作 /-əs/，如果都讀作 /-ɪəs/，就會加插了不需要的 /ɪ/，這些字例有：

conscientious, conscious, infectious, prestigious, pretentious, religious, superstitious, suspicious, unconscious.

小挑戰

美國影星阿諾舒華申力加的世紀大電影 The Terminator，這 terminator 應該怎讀？

答案：/ˈtɜːmɪneɪtə/

54　Purpose 的 -pose 其實不讀 pose

英文有不少含 -ose 的字，例如 close、impose、pose、propose 和 rose，這 -ose 的核元音是 /əʊ/，即字母 O 的讀法，所以動詞 pose 的確讀 /pəʊz/，但是 purpose 中的 -pose，很多香港人仍然讀 */pəʊz/，這便有問題了；其實 purpose 應讀成 /ˈpɜːpəs/，尾音節的核元音是非重讀音節常用的 /ə/。

Purpose 當中的 -pose 讀 /-pəs/ 是因為其非重讀的身份，像 compose、disclose、dispose 和 suppose，-ose 卻是重讀音節，核元音讀作 pose 的 /əʊ/ 便合乎常理了；但像 diagnose 和 overdose 中的尾音節 -ose，雖然是非重讀而核元音仍讀 /-əʊ/ 的，就比較少見。

其實大部分多音節詞的尾音節，如屬非重讀（unstressed），則無論它怎麼串，都大多採用 /ə/ 或 /ɪ/ 作為核元音，以下舉幾個例子說明英語多音節詞（polysyllabic）的特性：

Careless 一字，很多香港人按直觀讀成 *care + less，即把尾音節的 -less 讀成跟單字 less 一樣；同樣，讀 kindness 時，就把 -ness 讀成 */-nes/，原來這 -ess 正確的讀法是 /-ɪs/，不是 */-es/，試讀讀下面兩組字：

串法	讀音	字例
-ness	/-nɪs/	brightness, business, forgiveness, kindness, madness, sharpness, sickness, thickness
-less	/-lɪs/	careless, colourless, harmless, hopeless, meaningless, regardless, shameless

這個規律是百試不爽的，除非像 nevertheless 和 nonetheless，結尾的 -less 是重讀，就讀成 /-les/。

說完 -ess，再看看 -ace 結尾的字，ace 作單字時讀 /eɪs/，即核元音是 /eɪ/；但如果是 surface，當中的 -face 便不是香港人常說的 */-feɪs/ 了，這 -face 讀 /-fɪs/，surface 便得讀成 /ˈsɜːfɪs/。下面各字的 -ace 部分全都這樣讀：

1　furnace: /ˈfɜːnɪs/
2　necklace: /ˈneklɪs/
3　palace: /ˈpælɪs/
4　preface: /ˈprefɪs/

說到這裏，相信大家都可以想到非重讀 -ess 結尾怎樣處理了，試試讀出下面一組單字吧！

actress, fortress, headmistress, hostess, goddess, tigress.

小知識

Access 的尾音節雖然非重讀，但卻讀 /-ses/，整個字讀作 /ˈækses/。

55　尾輔音 /k, p, t/ 是否一定要發出來？

先舉一些例子以說明問題所在。下面的短語和句子的首字皆以 /k/、/p/ 或 /t/ 輔音結尾，這些 /k, p, t/ 輔音該怎麼讀？

		短語/句子
1	首字皆以 /k/ 結尾	sick dog
		pork chop
2	首字皆以 /p/ 結尾	Keep quiet.
		Stop talking.
3	首字皆以 /t/ 結尾	at noon
		Sit down.

/k, p, t/ 和 /g, b, d/ 都是爆發音（plosive），/k, p, t/ 是清音（voiceless sound），出現在單字的字尾時一般都送氣，所以作為單字讀出 at、keep、pork、sick、sit、stop，尾輔音是可以清晰聽到的，當然亦要避免過份強調這 /k, p, t/ 尾音。

但當這類單字出現在句子當中，情況便不一樣了。假如緊接其後的字以元音（vowel）開始，這個 /k, p, t/ 尾輔音就應和後面的元音連在一起（linking），才是地道英語發音。（雖然不連讀也不算錯。）Look up 的地道發音是把 look 的尾輔音 /-k/ 和 up 連在一起，第二個音節發音像 '-kup'。

但當後面的字是以輔音開始的話，例如 at noon 的 noon，keep quiet 的 quiet，情況便不一樣了。大部分情況

語音術語話你知
母語干擾（first language interference）：說外語時採用了說母語的發音模式。

下前面的尾輔音 /k, p, t/ 都不必完整發出聲（unreleased）。換句話說，你不會清楚聽到 at noon 中 at 的尾輔音 /-t/，或 keep quiet 中 keep 的尾輔音 /-p/。反之，如果故意把 at noon 中 at 的尾輔音 /-t/ 讀出，或讀 keep quiet 時故意發出 keep 的尾輔音 /-p/，聽起來就很不自然。這些不完整發出的爆破音稱為 unreleased plosive。

　　但要注意，不完整發出不等於可以乾脆省去這個音，把 keep quiet 說作 *Kee quiet，一聽便覺得完全不像樣。其實對大部分以粵語為母語的香港人來說，處理這個不發聲的 /k, p, t/ 全無難度，且看看下面的粵音字：

1　/-k/：北、得、識、各、力；
2　/-p/：粒、協、輯、夾、濕；
3　/-t/：七、熱、乜、切、筆。

　　我們說英語時常要警惕所謂母語干擾（first language interference），但在這個不完整發聲的爆破音環節上，反而可以放膽採用說粵語的習慣呢。

小知識

英國人日常口語當中，尾輔音是 /k, p, t/ 的字無論出現在句子任何地方，都傾向不完整發出這尾輔音。

56 Coke 不是「曲」，joke 不是「捉」

首先要注意的，是 book、coke、look、joke、oak、took 這六個字其實不押韻。

粵語的「捉、曲、硃、叔、谷」，其韻母 uk 的確很接近 book、look、took 的尾音節 /ʊk/，香港人讀 book、cook、look、shook、took，絕對沒問題，頂多是作為單字讀時，把尾輔音 /-k/ 漏掉。

問題出現在把這粵語的 uk 或英語的 /ʊk/，用來讀 coke、joke、oak 等單字，原來 coke、joke、oak 的核元音是 /əʊ/，即字母 O 的發音，不是 */ʊ/。

英文的 /əʊ/ 是雙元音（diphthong），故此比單元音 /ʊ/ 長，要把 coke、joke、oak 讀準，只要記着中間核元音部分讀像字母 O，才收尾輔音 /-k/，便不中亦不遠矣。

其他類似的例字，要把核元音讀為較長的 /əʊ/ 有：

bone, foam, dome, dope, hope, note, own, phone, smoke, soap, stone, tone, woke.

　　所以不要再把 phone 説成 *「風」，把 tone 説成 *「通」
了。

　　其實這個 /əʊ/ 音，如果後面不是緊隨一個輔音，對
我們來說不是陌生的，粵語的「高、蘇、老、度、好」的
韻母 ou，就是英文元音 /əʊ/ 的讀法，go 真的像「高」，
so 真的像「蘇」。

　　但我説「像」，是因為最標準的英式讀法，/əʊ/ 的開
始部分嘴形沒有那麼圓，香港人就 /əʊ/ 這雙元音的讀
法，反而接近美式的 /ou/，就連粵拼採用的音標，也是
ou！而字典也有把 go 的英式讀法標為 /gəʊ/，美式讀法
標為 /gou/。

　　當然，英式發音還是繼續用 /əʊ/ 這個音標，雖然實
際上不少英國人也會採用美式的 /ou/；當然如果你醉心
傳統典雅的英式發音，則不妨用最標準的 /əʊ/。

　　值得一提的是，不少香港人錯讀 comb，就是沒有對
/əʊ/ 這個音多加注意，正確的讀法是 /kəʊm/。

小知識

Tomb 和 comb 的讀法完全不相似，tomb 讀 /tuːm/，惟
一相同是兩字都沒有尾輔音 /b/。

57　如何把 seven 和 eleven 説得地道？

香港人愛某便
利店作 *「賒粉」，即
把 seven 的尾音節讀
成重音 *「粉」，其實
這 -ven 在地道的英
語發音中不但是非重
讀音節（unstressed syllable），還應該縮短到像半個音節。

先看看下面的例字：

Britain, happen, hidden, kitten, pattern, ridden, written.

這些字的尾音節都是非重音的 /-ən/，除非要小心翼
翼地示範它們的讀法，否則在日常説話中，母語人士多
把這 /-ən/ 用更輕快的方式讀出，聽起來像半個甚或更小
的音節，好像只剩下 /n/ 音，這個音，在語音學上稱為
syllabic /n/。

如果要用 syllabic /n/ 讀出 Britain、kitten、pattern
和 written，方法就是讀第一個音節時，例如 Britain 的
/brɪt/，或 written 的 /rɪt/，到了音節末的 /-t/，不把 /-t/ 音
發出，而立刻從鼻腔發出輕輕的 /n/ 音，這便可以發出
字末的 syllabic /n/ 了。Syllabic /n/ 是音節性輔音（syllabic
consonant）的一例。

要用 syllabic /n/ 讀出 happen、hidden、ridden，方法也
是一樣，只需把首音節的尾輔音 /-d/ 和 /-p/ 勒着不放，
而立刻從鼻腔發出隨後的 /n/ 音。

💬 語音術語話你知

　音節性輔音（syllabic consonant）：接近音節身份的輔音。

說完 syllabic /n/，便很容易明白另一個音節性輔音 syllabic /l/ 的道理了。Apple 和 little 兩字，小心的讀法是 /ˈæpəl/ 和 /ˈlɪtəl/，第二個音節是輕音節。在香港常聽到的誤讀，是把第二個音節讀得太長太重，apple 變成 *「app.蒲」，little 變成 *「lit.圖」。這尾音節不但要以輕音節讀出，母語人士更常以 syllabic /l/ 的方法讀出呢，以下是其他可以用 syllabic /l/ 讀出的例字：

bottle, cattle, couple, muddle, struggle, trouble, tunnel, wrestle.

要發出 syllabic /l/，道理和 syllabic /n/ 相同，只是到了最後階段發的 /l/ 音而不是 /n/ 音。

當然，對於外語學習者來說，發不到 syllabic /l/ 和 syllabic /n/ 不是大問題，只是如果想掌握更地道的英語發音，syllabic /l/ 和 syllabic /n/ 是值得學懂的。

小實驗

試用下列三種方法讀出 often：

1 把第二個音節的 /t/ 讀出；
2 略去 /t/，即讀 /ˈɒfən/；
3 尾音節以 syllabic /n/ 讀出。

58 I can swim 的 can 不同鐵罐的 can

在香港，經常聽到有人説 I can swim 或 You can do it 時，把 can 説成很「强」的 /kæn/，這雖然不算錯，但如懂得用弱讀式（weak form）説出，便動聽得多了。原因是 I can swim 和 You can do it 中，can 是助動詞（auxiliary verb），除非我們用的是 can 的名詞意思（鐵罐）。

英文的助動詞，主要有下面幾類：

1　Verb-to-be: *is, am, are, was, were*;

2　Verb-to-do: *do, does, did*;

3　Verb-to-have: *have, has, had*;

4　Modal auxiliary verbs（情態助動詞）: *can, could, may, might, must, shall, should* 等。

上面每一個助動詞，都有作為單字時的讀法，假如果有人問你 have 和 was 怎麼讀，你會説 /hæv/ 和 /wɒz/。那麼，can 不就讀作 /kæn/ 嗎？對，但這都是强讀式（strong form），但大部分的助動詞都有另一個弱讀式（weak form），弱讀時，十之八九採用 /ə/ 作為核元音。Was 的弱讀式是 /wəz/，have 的弱讀式是 /həv/，而 can 的弱讀式是 /kən/。於是下面例句的讀法就是：

1　He was (/wəz/) not feeling well.

2　They have (/həv/) finished.

3　I can (/kən/) swim.

下面的助動詞，都有以 /ə/ 作為核元音的弱讀式，只要記着要讀 /ə/ 音，便不難掌握了：

	強讀式	弱讀式		強讀式	弱讀式
am	/æm/	/əm/ 或 /m/	has	/hæz/	/həz/
are	/ɑː/	/ə/	had	/hæd/	/həd/
was	/wɒz/	/wəz/	can	/kæn/	/kən/
were	/wɜː/	/wə/	could	/kʊd/	/kəd/
do	/duː/	/də/	must	/mʌst/	/məst/
does	/dʌz/	/dəz/	shall	/ʃæl/	/ʃəl/
have	/hæv/	/həv/	should	/ʃʊd/	/ʃəd/

　　以上的助動詞在大多數句子中都屬非重讀
（unstressed），只要以較輕的力度讀出，縱使一時間未能
改用弱讀式的 /ə/，聽起來已經自然得多。

　　上述助動詞也有強讀式，通常出現在句末：

1　(Can you swim?) Yes, I <u>can</u>.

2　(Have you finished?) Yes, I <u>have</u>.

3　(Was she a teacher?) Yes, she <u>was</u>.

　　或出現在句子中間而說話者要加以強調：

(Was she a teacher?) She <u>was</u> a teacher but she is now a
writer.

小知識

上面的助動詞的否定式例如 wasn't、haven't 和 can't，都
沒有弱讀式。

59 英文如何說 ar、bor 和 wor？

你也許收過香港人寫的英文 WhatsApp 句末會帶 ar、bor、wor 等「語氣詞」，即粵語的「呀、嘞、喎」。句末助語詞是中文的特色，中、港、台三地的口語都帶豐富的句末語氣詞。記得第一次往台灣，聽到人們常用「喔、唔、嗎、噢」來結句，覺得很有趣。

語氣詞，顧名思義，就是用來表達語氣、感覺、態度等正文以外的情感信息，英語沒有句末語氣詞，表達上述信息就靠語調（intonation）。外國人學講中文，句末語氣詞是其中一項最難掌握的環節；同樣，我們學講英文，無論單字說得如何標準，語調仍然會暴露了我們「非母語」的破綻。（英文不錯有 alas、phew、whoa、wow 等表達感覺的字，但和中文的句末語氣詞的用法完全不一樣。）

語調在語音學（phonetics）中是專門的研究範圍，原因是它千變萬化，不像音素（即元音和輔音）那麼穩定。語音學範疇中有不少談語調的書，這裏只能介紹個入門，我且以 really 一字為例，解釋何為語調。先看下面的短對話：

瑪莉：I came first in the singing competition.

約翰：Really.

約翰說的是 really，但他實際的反應是甚麼？

從語調學去分析，約翰可以用七種語調說 really，分別為：

1　低降（low fall）　　　　2　低升（low rise）

🗨 語音術語話你知
　　語調（intonation）：說話中語音高低輕重的配置，用以幫助表達意思、語氣或情感。

3 高降（high fall）　　**4** 高升（high rise）
5 平（level）　　　　　**6** 降升（fall rise）
7 升降（rise fall）

Really 有兩個音節，即 REAL.ly，重音在 real，故此無論用哪一個語調讀 really，都要把重音放在 real，不要把它和音調（pitch）混淆。下面圖表顯示如何以七種語調說出 really：

	首音節 — 次音節			首音節 — 次音節
1 low fall	REAL＼→ly	5 level	REAL——→ly
2 low rise	REAL→ly	6 fall rise	REAL＼→ly
3 high fall	REAL＼→ly	7 rise fall	REAL／＼ly
4 high rise	REAL／→ly		

對於英語並非母語的人，能讀出七種語調變化已不容易，更重要和更難掌握的是甚麼時候用甚麼語調，下一章會探討這個問題。

小實驗

試以上述七個語調，說出 morning。

60　如何決定用甚麼語調説 really ？

　　上一章用了 really 為例介紹了英語的七種語調，讓我們先來重溫語境：

瑪莉：I came first in the singing competition.

約翰：Really.

　　理論上約翰可以用七種語調説 really；但實際上，如果用了不適當的聲調，瑪莉可能會找他麻煩。不信嗎？請看下面的可能性：

1　低降：約翰表示聽到了，如此而已。

2　低升：約翰表示聽到了，並覺得有少許特別。

3　高降：約翰表示出聽到這個消息很興奮。

4　高升：約翰表示高興，而且有點意外。

5　降升：約翰表示有興趣聽到這消息，想知道多一點。

6　升降：約翰表示帶點半信半疑。

憑約翰用的語調可以如上推敲他想表達的意思，但真實的意思還得取決於兩人的關係、語氣，對話時的非語言（non-verbal）表達如眼神、表情和姿勢等。這正是英語的 intonation 難掌握的原因，七種語調跟它要表達的情感和態度，沒有一對一的必然關係，因為人類的情感是很複雜的呢！以上我只用了一個很簡短的話語 really 舉例，但實際的日常談話可是更長和更複雜的啊！

所以要學好語調，得緊記兩件事：第一是如何把七個基本語調運用於不同長度和結構的語句；第二是學會何時採用哪一個語調。第一環可以通過上課或聆聽視聽教材來練習，學會說出不同語調；第二環的重點是掌握細緻和微妙的語調運用，除了上課和借助視聽教材，恐怕要通過大量接觸真實的（authentic）英語口語，才能夠掌握。

細心的讀者可能察覺我一直沒有談論平調（level tune），其實平調較不常用，一般只用於機械性地列出一批事物，例如看着日曆時告訴別人 I'm free next week on Monday, Tuesday, Thursday, Friday……

小知識

中文也有語調，但那是指每個單字應以甚麼音調讀出來，例如粵語的 si，因着不同的語調可以變成「詩、使、試、時、市、事」。

古靈精怪
Tricky language

61 Congrats 還是 Congratz？

在互聯網上，當人們用日常用語的寫法恭喜對方時，Congrats 和 Congratz 都會出現；若說單字的串法一般和讀法有關，那麼 Congratulations 的縮略語應該怎樣串、怎樣讀才「正確」呢？

Congratulations 是複數名詞，原來這個複數標記 s，既可讀作 /s/，又可讀作 /z/。請細看下面的例子，嘗試找出讀 /s/ 還是 /z/ 的規則：

backs, bags, beds, bells, bits, cats, dogs, ears, fans, jars, keys, moths, shops, thanks, weeks.

原來複數標記應讀 /s/ 還是 /z/，取決於原單數名詞的結尾音，分為以下兩種情況：

1　名詞結尾是清輔音（voiceless consonant），例如是 /f, k, p, t, θ/，複數標記 s 讀作 /-s/。

2　名詞結尾是濁輔音（voiced consonant），例如是 /b, d, g, l, m, n, ŋ, ð/，或以元音結尾，複數標記 s 讀作 /-z/。

Cat、moth、shop、week 的尾音是清輔音，所以它們的複數標記讀 /s/。Bed、bell、dog、fan 的尾音是濁輔音；Ear、jar、key 的結尾是元音，所以它們的複數標記讀 /z/。

回到上面討論的 Congrats 和 Congratz，Congratulation 的尾音是濁輔音 /n/，所以 Congratulations 的複數標

記 s 應讀作 /z/，全字是 /kənˌgrætʃəˈleɪʃənz/。這就是一些人在縮略寫法 Congratz 中，把尾字母串成 Z 的原因。

最後說說實際讀法，我們說的其實是 Congrats，即 /kənˈgræts/。首先，上面談到 Congratulations 的複數標記讀 /-z/，但在口語中，除非故意強調複數，否則這 /-z/ 只要發輕微的濁音便可以了。其次，像 bats、bits、boots、cats 這些複數名詞的結尾 -ts，有些人會合併為 /-ts/ 一個輔音，就像 tsunami（海嘯）的起始輔音，即像粵語「請、除、尋」的聲母；所以如果聽到別人以 /ts/ 音去讀 bits、boots、cats 的尾音部分，他們絕對沒有錯啊。

小挑戰

看看右面的告示，其中 reservations 的複數標記 s 應讀作 /s/ 還是 /z/？

62 Didn't 究竟有多少個讀法？

Didn't 究竟是單音節詞（monosyllable），還是雙音節詞（disyllable）？如果 didn't 是單音節詞應讀作 /dɪnt/，那麼若是雙音節詞，應該怎樣讀？

英語的基本助動詞（be, do, have）和情態助動詞（can, could, will, would 等）都有否定式，例如 do not、have not、cannot、will not；而這些否定式，都有縮略式（contracted form）。於是便出現一個問題：這些縮略式應怎樣讀？

先說兩類簡單的例子，第一類是 doesn't、haven't、hasn't、isn't、mustn't 和 wasn't。這些都是雙音節詞，對香港人沒有甚麼困難，但是仍然要注意：

1　這些字中 -n't 前如果是字母 S，這 S 要讀作 /z/，例如 doesn't 是 /ˈdʌzənt/，hasn't 是 /ˈhæzənt/；

2　尾輔音 /-t/ 通常不完整發出；

3　尾音節 -n't 非重讀，所以要較輕聲讀出。

🗩 語音術語話你知
雙音節詞（disyllable）：有兩個音節的單字。

　　第二類例子有 can't、don't、mayn't、shan't 和 won't，這些都是單音節詞。

　　但是第三類否定式就較為複雜了，例如 didn't 和 couldn't，若採取小心翼翼的讀法，這些單字都有兩個音節，於是 didn't 和 couldn't 分別是 /'dɪdnt/ 和 /'kʊdnt/；但如果說話語速較快，原本的尾音節 /-ənt/ 可以用 syllabic /n/ 讀出，聽起來便既輕且快了。

　　那麼這很輕的尾音節，可否進一步省略，使整個字變為單音節，即 didn't 讀作 'dint'，couldn't 讀作 'koont'？

　　這不是易答的問題，有人會認為這讀法太懶惰，但是也有母語是英語的人士承認這是他們的日常說法。暫時只能說，很多收錄不同讀音的字典都沒有收錄 'din't' 和 'koont' 等讀法，例如 *Oxford Dictionary of Pronunciation for Current English*。

小挑戰

動詞 dare 也有縮略的否定式 daren't，這個字應怎樣讀？

答案：/deən/

63　原來 house 有兩個讀音

我們通常會把 house 用作名詞，讀 /haʊs/，當中的元音讀起來像粵語「收、休、歐」中的韻母 au，所以香港人讀起來沒有問題，但其實 house 還可用作動詞，讀 /haʊz/，當中的元音拉長了，變得較接近粵語「孝、交、抄」的 aau；原來引起這轉變的，是動詞 house /haʊz/ 結尾的 /-z/ 音。

讓我們先做個小實驗，試讀下面三組字，你覺得三組的元音是否相同？

第一組：bow（動詞）, cow, how, now;

第二組：crowd, loud, proud, town;

第三組：drought, mouse, mouth, out, scout, shout.

也許你會發現，第一組和第二組區別不大，但第三組卻明顯不同，並且和 house 作為名詞時的元音發音相同，也就是名詞 house 也屬於第三組。

至於第二組單字，它們的元音其實比第一組的略長，一般人甚至察覺不到當中的分別。隨之而來的問題便是：究竟三組單字是否代表了三個不同的元音？

查查字典，你會發覺三組字的元音都是 /aʊ/，實際發音的區別取決於 /aʊ/ 後面的輔音是一個怎樣的音，例如：

情況	讀法	例子
/aʊ/ 後面沒有輔音	/aʊ/ 的基本讀法	bow, cow, how, now
/aʊ/ 後面是濁輔音（voiced consonant），例如 /d, n, z/	把 /aʊ/ 的讀音略微加長	blouse（英式讀法），loud, town
/aʊ/ 後面是清輔音（voiceless consonant），例如 /s, t, θ/	把 /aʊ/ 的讀音略微縮短	clout, mouse, mouth out

　　說回 house，它和 how 都是以 /aʊ/ 為元音，但在名詞 house /haʊs/ 中，緊隨 /aʊ/ 的是清輔音 /-s/，/aʊ/ 的讀音便略微縮短至接近粵語韻母 au，如果不計尾音，house 真的很接近粵語的 aau 音呢！

　　但當 house 是動詞時，讀 /haʊz/，當中的元音便是比標準的 /aʊ/ 略微加長，/haʊ-/ 這部分讀音接近粵語的「吼」。

　　也許你會問，doubt 讀起來像第三組，但 doubt 的核心元音 /aʊ/ 後不是濁輔音 /b/，應該讀得稍長嗎？這看似有道理，但不要忘記 doubt 中的 b 是不發音的呢！Doubt 就讀 /daʊt/。

小挑戰

試讀 spouse（配偶），並問問其他人怎樣讀。

答案：Spouse 的英式讀法是 /spaʊs/，美式讀法是 /spaʊz/，即美式讀法尾音較軟。

64　小心一個串法兩個讀音的單字

　　有一些英文單字,同一個串法有不同讀音,例如 medicine、often 和 privacy。有些因詞性(word class)改變而讀音有所改變,例如 purchase 用作名詞時是 PUR.chase,動詞是 pur.CHASE;Insult 用作名詞時是 IN.sult,動詞是 in.SULT。但有些單字則一個串法,卻有兩個完全不同的意思,稱為同形異義詞(homograph);如果連讀音也完全不同,則稱為同形異音異義詞(heteronym)。

　　例如 live,通常指居住,是動詞,讀 /lɪv/;但指即場演出時,是形容詞,便要讀 /laɪv/;不過香港人很少搞錯這個讀法,可能因為在港式交談中也會說 live /laɪv/。這是因詞性改變而讀音有所改變的例子。

　　不過到了 bow 和 row,便經常被搞亂了。Bow 和 row 都各自有兩種解法,也分別有兩種讀法,例如:

1　bow 指軀躬(動詞),讀 /baʊ/,和 brown、cow、how、now 押韻;

2　bow 指弓(名詞),讀 /bəʊ/,和 glow、low、sow、tow 押韻;

3　row 指划船(動詞),讀 /rəʊ/;

4　row 指一排(名詞),讀 /rəʊ/;

5　row 指糾紛(名詞/動詞),讀 /raʊ/。

　　比較上面五種情況,可見中間沒有甚麼規則,只能記着每個解法的讀音。

🗨 語音術語話你知

同形異義詞(homograph):兩個單字的串法相同,意義不同,讀音可能不同。

同形異音異義詞(heteronym):兩個單字的串法相同,意義不同,讀音不同。

　　另外，dove 和 wound 是比較特別的例子，這兩個字多以名詞出現，dove 指鴿子，讀 /dʌv/，和 glove、love 押韻，wound 指傷口，讀 /wuːnd/；但原來 dove 也是動詞 dive 的過去式，這時候讀 /dəʊv/，和 rove、stove 押韻，而 wound 原來也是動詞 wind 的過去式，這時候讀 /waʊnd/，和 found、round、sound 押韻。

　　其他要注意的例子：

單字	意思	詞性	讀音	單字	意思	詞性	讀音
lead	鉛	名詞	/led/	lead	帶領	動詞	/liːd/
tear	眼淚	名詞	/tɪə/	tear	撕開	動詞	/teə/
Polish	波蘭的	形容詞	/ˈpəʊlɪʃ/	polish	擦亮	動詞	/ˈpɒlɪʃ/

　　最後不得不提的是 pronounce，這個字在香港不常被誤讀，但它的名詞卻常被誤讀作 *pronounciation，但這名詞的正確串法是 pronunciation，第二個音節 -nun- 和單字 nun 的讀法一模一樣！

小挑戰

Bass 的含義有：(1) 低音；(2) 巴斯魚，讀法有何分別？

答案：(1) 讀 /beɪs/，和 base、case 押韻；(2) 讀 /bæs/，和 gas、lass 押韻。

65　不要被字母 S 騙倒

　　複數標記 -s 有時候讀作 /s/，有時候讀作 /z/，當中仍有規律可循。但當字母 S 出現在字的中間時，又怎樣辨別該讀 /s/ 還是 /z/ 呢？下面一組包含字母 S 的字，哪些 S 要讀成 /z/？

　　cousin, cuisine, deserve, dissolve, grease, hesitate, husband, these, thousand

　　答案也許令你很詫異：上面的常用字當中的 -s- 都發 /z/ 音！再看看以下同樣內含 S 的字，字母 S 則發 /s/ 音：

　　base, cease, cost, essay, gross, house（名 詞）, pass, this, worse.

　　更有趣的是，字母 Z 出現在字詞中間時，卻不一定讀 /z/，反而有機會讀作 /s/，例如 quartz /kwɔːts/ 和 waltz /wɔːls/。

當字母 S 出現在單字中，讀 /s/ 或 /z/ 並沒有明確的規律，不肯定時只能查字典。惟一稍有規律的就是 -ss 大多發 /-s/ 音，例如 bass、boss、floss、gloss 和 Ross。

至於 -se，例如 close，作形容詞時 -se 讀作 /-s/，即 /kləʊs/，用作動詞時，-se 讀作 /-z/，即 /kləʊz/；House 作名詞時讀 /haʊs/，作動詞時讀 /haʊz/；而 base、chase、rose（玫瑰花或 rise 的過去式），規律一致，即作動詞用時以 /z/ 結尾。連接詞 because 也是以 /z/ 音結尾，即 /bɪˈkɒz/ 或 /bɪˈkəz/，這解釋了為甚麼此字的口語縮略語除寫作 cos 外，也經常寫作 coz 或 cuz。

最後不得不提 sugar 一字，sugar 和 sure 一樣，'s' 讀作 /ʃ/。香港人大多會用 /ʃ/ 讀 sure，卻沒有注意 sugar 的 's' 也有這個特性，於是將 /ˈʃʊɡə/ 誤讀為 */ˈsʊɡə/。

小挑戰

Loose 和 lose 是否同音？

答案：不是，loose 是 /luːs/，而 lose 是 /luːz/。

66 甚麼情況下複數要讀成 /ɪz/？

　　之前有談過複數名詞尾音的兩個讀法，例如 cats 和 dogs 的不同。原來複數標記還有第三種讀法，就是 /ɪz/。這讀法很易認出──就是當複數標記串作 -es 的時候，例如以下五組字例：

1　buses, bosses, boxes, nurses, races, slices;
2　blazes, prizes, quizzes;
3　crashes, dishes, pushes, wishes;
4　ages, changes, judges;
5　churches, watches, witches.

　　為何這五組單字的複數有這樣的串法（-es）和讀法 (/ɪz/)？這跟這五組名詞單數時尾音的發音方法有關，它們分別是：

1　/-s/: box /bɔks/, nurse /nɜːs/, race /reɪs/;
2　/-z/: blaze /bleɪz/, prize /praɪz/, quiz /kwɪz/;
3　/-ʃ/: crash /kræʃ/, dish /dɪʃ/, wish /wɪʃ/;
4　/-ʤ/: age /eɪʤ/, change /tʃeɪnʤ/, judge /ʤʌʤ/;
5　/-tʃ/: church /tʃɜːtʃ/, watch /wɔtʃ/, witch /wɪtʃ/.

　　換句話說，以上面其中一個輔音結尾的單數名詞，它的複數標記便讀作 /ɪz/。（其實輔音 /ʒ/ 也有這特性，但例字太少，不再詳述。）

　　不妨試試用 /s/ 或 /z/ 取代 /ɪz/ 讀出上面的複數名詞——例如 nurses 讀作 */nɜːsz/、prizes 讀作 */praɪzz/，你會發現這尾音很不易發，聽的人也會聽得很不舒服。所以，讀音的原則，很多時和發音是否自然有很大關係，以上的複數之所以讀作 /ɪz/，就是因為易說易聽呢。

　　順帶說說一個「頑皮」的字，sandwich（三文治）以 -ch 結尾，但這 -ch 既可以讀 /-tʃ/，又可以讀 /-dʒ/，變作複數時，sandwiches 可以讀 /ˈsænwɪtʃɪz/，也可以讀作 /ˈsænwɪdʒɪz/。

　　最後一提，quiz 這串法以字母 Z 結尾，複數應該串作 quizzes，但我常用的一個用作問答遊戲的流動應用程式（App），名字卻故意串作 Quizizz。如果知道上述的規律，便見怪不怪了。

67 All、draw、law 和 door、floor、more 是否押韻?

讓我們先做一個實驗,請你讀出下面兩組單字,比較兩組的核元音有沒有分別。

第一組: all, draw, four, law, saw, shore, tall, war;

第二組: door, bore, floor, more, poor, sure, your.

我的猜測,是你讀第一組的八個字時,會採用相同的核元音,即 /ɔː/,惟一可能的例外是 shore。

至於第二組則有兩個可能,你可能用了和第一組相同的核元音,也有可能在 /ɔː/ 後加了一個短短的 /ə/,所以用 '/ɔə/' 來表示這個核元音。

記得讀小學時代,我的老師教授 door、floor、more、your 等單字時,用的發音就是 '/ɔə/';但現今 '/ɔə/' 這個雙元音 (diphthong) 已不存在於英語音標體系,而如果在字典中查找 door、floor、more、your 的讀音,答案會是:

1 door: /dɔː/   2 floor: /flɔː/
3 more: /mɔː/   4 your: /jɔː/

換句話説,像 door、floor、more、shore、your 這些字,在過去的幾十年,它們的讀音有可能由 '/ɔə/' 演變為 /ɔː/!

我沒有肯定的答案,但我翻查香港研究英語語音學始祖,港大黃勵文教授 1971 年著的 *English pronunciation explained with diagrams* (Hong Kong University Press),當中

有介紹 '/ɔə/' 這雙元音，例字正正就是 door、floor、more 和 your；然後再翻查他 1991 年的 *English speech training* 第三版（Hong Kong University Press），'/ɔə/' 已經不存在，而 door、floor、more、your 則被併入單元音（monothong）/ɔː/ 的例字。

　　所以如果你先前用 '/ɔə/' 去讀出上面第二組字，今天有可能被裁定為誤讀！但話說回頭，再看看 bore、door、floor、more、shore 和 your 這些單字，如果以美式讀法便會出現結尾輔音 /r/, 而 /ɔːr/ 聽起來又有點像 '/ɔə/'！

　　我自己的看法，是就算用 '/ɔə/' 去讀 door、floor、more 等單字，也要避免把這核元音拉得太長，如果要「安全」，就跟從今天主流 /ɔː/ 的讀法。

小知識

Poor 和 sure 其實都適用於上面的討論，但要注意 poor 和 sure 本身都有一個以上的讀法：

1　poor: /pɔː/ 或 /pʊə/；
2　sure: /ʃɔː/ 或 /ʃʊə/.

68 其實說 pleasure、usual、vision 可以說得很好玩

第 65 章說到英文字中的字母 S 可以讀 /s/ 或 /z/，你可能想不到，讀作 /z/ 的字其實更多。另一個俗稱 sh 音的 /ʃ/，原來也有一個出現頻率比想像中高得多的同伴呢！

/s/ 和 /z/ 的分別，在於前者屬清音（voiceless sound），發音時聲帶不震動，後者是濁音（voiced sound），發音時聲帶震動。Sh 音 /ʃ/ 屬於清音，例字有 chef、chic、she、shoe、shy 等。和 /s/ 與 /z/ 成雙成對一樣，/ʃ/ 也有一個濁音的同伴 /ʒ/，例字有 measure、pleasure、vision。要發好 /ʒ/ 音，不妨先感覺由 /s/ 音轉 /z/ 的分別，到發 /ʃ/ 音時，也依樣畫葫蘆地加上聲帶震動轉到 /ʒ/ 音。這過程需經練習，如果掌握得到，可以幫助你把法文說得更動聽呢。

/ʃ/ 音出現在字中間的常用字有：

1　–ss–: mission, passion, pressure;
2　-tion: composition, dictation, question, relation;
3　-sion: comprehension, tension.

但原來下面的字母組合也讀 /ʃ/，一不留神便會誤讀為 */s/：

1　-ci-: appreciate, musician, social, special;
2　-ti-: negotiate, patient, ratio.

所以千萬不要把 social 讀作粵語的 *sou1 sou4 啊！

那麼，/ʃ/ 的同伴 /ʒ/ 在哪些字出現呢？以下是一些
包含 /ʒ/ 音的字：

1 collision, confusion, decision, division, invasion,
   occasion, precision, revision, television, vision;
2 leisure, measure, pleasure, treasure;
3 seizure, rouge, usual.

香港人常犯的錯誤，是既沒有掌握好 /ʒ/ 音，而又把
出現在字中的 /ʒ/ 音誤讀為 */ʃ/。

最後一提兩個常被忽略的讀音。中學時有一天在
課堂上，老師糾正我的 question 發音，說 -tion 應該讀
/-tʃən/，還舉了另一個例子，說 Christian 的第二個音節也
是 /-tʃən/。我當時看到這兩個字的串法，心想 -ti- 怎可能
讀作 /tʃ/ 呢，後來翻查字典，才知道這的確是傳統的讀
法，即 /'kwestʃən/ 和 /'krɪstʃən/；今天把它讀成 /'kweʃən/
和 /'krɪʃən/，當然也絕對可以。

小挑戰

以下六個字當中，哪兩個內含 /ʒ/ 音？

conscience, occasion, ocean, pleasure, pressure, schedule

答案：occasion, pleasure

69 Almond 的 al- 怎樣處理？

你可能聽過 almond 一字的兩種
讀法，當中的分別涉及如何看待其
中的字母 L。

之前談到字當中不發音的字母（silent letter），這在英
文極為常見，只是當我們已經掌握了正確的讀法後，就
沒有注意這些 silent letter 了。下面各字的正確讀音大家
都懂，細看之下你才會發覺劃了線的字母是 silent letter：

ans<u>w</u>er, autum<u>n</u>, ca<u>l</u>m, g<u>h</u>ost, g<u>u</u>ess, ha<u>l</u>f, i<u>s</u>land, <u>k</u>now,
s<u>w</u>ord.

另外有一些不算常用的字也隱藏了 silent letter，例如
aisle，我就從未聽過有人把當中的 -s- 讀出來。但不少人
真會被這些字的串法誤導，我便不只一次聽到中學生把
sword 讀作 */swɔːd/，雖然他們多數會聽過老師讀 /sɔːd/。

像這樣的例子還有不少。我們都懂得讀 hair，當看
見單字 heir, 便順理成章讀作 */heə/，但原來 heir 中的
'h' 是 silent letter，正確的讀法是 /eə/，即和 air 同音。
我們懂得 rough 和 tough 讀作 /rʌf/ 和 /tʌf/，於是看見
thorough 便讀作 */-f/，不知道 'gh' 在這裏是不發聲的，
thorough 讀作 /ˈθʌrə/。

字中有沒有藏著 silent letter 是有跡可尋、可以歸納
的，例如知道 comb 和 lamb 的 'b' 是不發音的，那麼日
後遇上其他 -mb 結尾的字，也不妨大膽假設這字尾 'b'
不發音；果然，像 bomb、crumb、limb、thumb、tomb、

🗩 語音術語話你知
不發音的字母（silent letter）：在單字串法中出現但不發音的字母。

womb 等字尾的 'b' 都是 silent letter。又例如我們注意到 psalm、psychiatry、psychology 中的首字母 'p' 不發音，日後看到其他以 ps- 開始的字，也可以頗有信心地略去 'p' 的發音；果然，像 pseudo、pseudonym、psyche、psychotic 的 'p' 都是 silent letter。

　　回到 almond 一字，一般來說，'al' 會拼讀成 /æl/（例如 altitude）或 /ɔːl/（例如 altogether），但在 almond 中的 'l' 是 silent letter，這個字讀 /'ɑːmənd/，字典也標這個音。不過，也有美國人跟從 'al' 的正常拼讀來讀這字，即 '/'ælmənd/'，聽到別人這樣讀 almond, 不要立即糾正別人。

小挑戰

試找到下面各字中的 silent letter：
Christmas, handkerchief, handsome, raspberry, sandwich, Wednesday.

70 Record、refill、refund 的兩種讀法

　　這個告示中的 refill 一字，
大部分香港人都讀成 *re.FILL，
即把重音放在第二個音節，原
來正確讀法應是 /'riːfɪl/，即重音
放在第一個音節。

　　英文不少串法相同的單
字有一個以上的詞性（word
class），例如 discount、purchase
和 rebate，它們既是名詞，也是
動詞。有一次逛書店時，聽到
宣傳大減價的廣播，英文説得不錯，惟獨是當中三個關
鍵字 discount、purchase 和 rebate 全讀錯了。這三個字
在當時的廣播中都是名詞，重音應放在第一個音節，即
DIS.count、PUR.chase 和 RE.bate，但廣播員卻讀作 *dis.
COUNT、*pur.CHASE 和 *re.BATE。

　　把這類帶雙詞性的單字——無論是名詞或動詞——
都一律讀作重音在後，是香港人常犯的錯誤。

　　以下各組字中，首字是動詞，次字是名詞，試比較
它們發音的分別：

動詞		名詞	
decrease	/dɪˈkriːs/	decrease	/ˈdiːkriːs/
export	/ɪkˈspɔːt/	export	/ˈekspɔːt/
import	/ɪmˈpɔːt/	import	/ˈɪmpɔːt/

動詞		名詞	
increase	/ɪnˈkriːs/	increase	/ˈɪnkriːs/
protest	/prəˈtest/	protest	/ˈprəʊtest/
record	/rɪˈkɔːd/	record	/ˈrekɔːd/

再看看 protest 和 record 一例，我們會發覺兩種讀法的分別除了關乎重音之外，還涉及其中一個音節的發音變化：protest 中 pro- 由 /prə-/ 變成 /prəʊ-/，record 中 re- 由 /rɪ-/ 變成 /re-/，這種涉及音節中元音的改變的例子還有：

動詞		名詞	
object	/əbˈdʒekt/	object	/ˈɔbdʒɪkt /
present	/prɪˈzent/	present	/ˈprezənt/
produce	/prəˈdjuːs/	produce	/ˈprɒdjuːs/
subject	/səbˈdʒekt/	subject	/ˈsʌbdʒɪkt/

但要注意，上述的重音變化模式不能引伸到所有單字，例如 control 和 review，無論名詞還是動詞，讀法都是一樣的。

小挑戰

網上翻譯工具 Google Translate 中的 translate 一字，傳統是動詞，名詞是 translation。Google Translate 中的 translate, 你會怎樣讀？

答案：動詞 translate 重音在第二個音節；但 Google Translate 則是一個工程式的名字：說明這是有趣的人士於是眾多的重音放在前，讀 TRANS.late。

71 升降機（elevator）和電梯（escalator）的正確讀法

在上一章談到帶雙詞性（既是名詞又是動詞）而串法相同的字，讀法可以不同，主要差異在重音的位置，例如 present 名詞是 /'prezənt/，動詞是 /prɪ'zent/；Increase 名詞是 /'ɪnkriːs/，動詞是 /ɪn'kriːs/。其實大多數詞性不同的英文字，串法也是不同的，不同串法當然衍生不同的讀音了。例如 photograph，作名詞和動詞時，重音都在第一個音節，即 PHO.to.graph，但形容詞 photographic 的讀音則是 /fəʊtə'græfɪk/，主重音（primary stress）落在第三個音節，第一個音節變為次重音（secondary stress）。而 photograph 引伸出來的名詞 photography，重音則在第二個音節，即 pho.TO.gra.phy。(註)

這樣的重音轉移是有規律可循的。下列各組字，首字是動詞，次字是名詞。讀讀看，嘗試悟出背後的法則：

1　appreciate – appreciation	2　contradict – contradiction
3　persecute – persecution	4　prosecute – prosecution
5　stimulate – stimulation	6　televise – television

相信你已察覺到, 每組的第一個字是動詞，重音大部分在第一個音節（例如 CON.tra.dict、PRO.se.cute 和 STI.mu.late），小部分在第二個音節（例如 ap.PRE.ci.ate）；但當變成四至五個音節的名詞後，主重音全都落

註：如果一個字只有一個重音，這個重音就是主重音。

在倒數第二個音節，即 ap.pre.ci.A.tion、per.se.CU.tion、te.le.VI.sion……而次重音則落在第一或第二個音節。

　　這個重音模式大致適用於四個音節或以上的字，但也有例外，像 elevate—elevator 和 escalate—escalator，就不跟從個這模式，所以在香港是常見的誤讀字。從 escalate（上升，ES.ca.late）衍生的名詞 escalator（電梯），有四個音節，但主重音絲毫沒變，仍然在 es-，即 escalator 讀 /'eskəleɪtə/，不是 */ˌeskə'leɪtə/；和 escalator 相似的是 elevator（升降機），讀 /'eləveɪtə/，不是 */ˌelə'veɪtə/。

　　依據上述的模式，試讀讀下列各字：

1　adjudicator: /ə'dʒuːdɪkeɪtə/	2　coordinator: /kəʊ'ɔːdəneɪtə/
3　legislator: /'ledʒɪsleɪtə/	4　moderator: /'mɒdəreɪtə/

　　換句話說，不讀 *ad.ju.di.CA.tor，而是跟從 ad.JU.di.cate 而讀 ad.JU.di.ca.tor；不讀 *co.or.di.NA.tor，而是跟從 co.O.di.nate 而讀 co.O.di.na.tor。那麼又有沒有法則可依？細心看看吧，它們都是以 -tor 結尾的。

　　當然，把 legislator 讀作 *le.gis.LA.tor，人家也會明白你的意思，但是懂得說 LE.gis.la.tor /'ledʒɪsleɪtə/，會另人刮目相看呢！

72 如何把 concerned 和 confused 説得漂亮？

　　之前談到一些串法一樣的字，以不同詞性出現時有不同的讀音，例如 conduct 作為名詞時是 /'kɒndʌkt/，作為動詞時是 /kən'dʌkt/，contract 的名詞讀法是 /'kɒntrækt/，動詞讀法是 /kən'trækt/。Conduct 和 contract 開頭都串作 con-，作動詞時都讀 /kən-/，而且是非重讀（unstressed），而偏偏這又是一個香港常見的誤讀：把 con- 動詞由非重讀的 /kən/ 讀成重讀的 */kɒn/。

　　在日常的母語對話中，香港人常愛加插的英文單字有 concerned（關心）和 confused（困惑）了，讀的時候往往把 con- 的部分讀成 */kɒn/。日子有功，到用全英語交談時也不自覺説了 */kɒn/！下面的字，當 con- 是非重讀時，其實全都發 /kən/：

　　　concerned, conduct, confused, contain, contract, control.

在英式發音中，字中的 -o- 在非重讀的情況下讀 /ə/
而不是 */əʊ/，還有下面的常用字例：

1　domestic: /dəˈmestɪk/
2　produce: /prəˈdjuːs/
3　protect: /prəˈtekt/

也有一些字，這非重讀的 -o- 可讀 /ə/ 也可讀 /əʊ/：

1　domain: /dəʊˈmeɪn/ 或 /dəˈmeɪn/
2　momentum: /məʊˈmentəm/ 或 /məˈmentəm/
3　romantic: /rəʊˈmæntɪk/ 或 /rəˈmæntɪk/

最常因這 'o' 而讀錯的兩個字，則非 police 和
tomato 莫屬。Tomato 的第一個音節經常被錯讀成 */ˈtʊ/
（像前置詞 to）或 */təʊ/，其實 to- 在 tomato 是非重讀，
無論是英式或美式讀法，這 to- 都應讀作 /tə-/，tomato 應
讀作 /təˈmɑːtəʊ/ 或 /təˈmeɪtəʊ/。至此，你應該可以察覺
到把 police 讀成 */pəʊˈliːs/ 的問題所在了。不錯，police
應讀作 /pəˈliːs/。

小實驗

試以非重讀音節 /kən-/ 讀出下面各字：

concern, confirm, confuse, connect, consent, consist, convert.

73 為甚麼 stick 中的 tick 聽起來像「的」？

英文的三個 voiceless 爆發音 (plosive)，即 /k, p, t/，表面上很易掌握，因為粵語也有類似的音素 (phoneme)，例如「棘」/kik/ 的 /k/，「僻」/pik/ 的 /p/ 和「剔」/tik/ 的 /t/。但先前說過在某些情況下，/k, p, t/ 不會完全爆發出來，例如 chat room 中的 /t/，cookbook 中的 /k/ 和 knapsack 中的 /p/；但這三個爆發音還有另一種變化。

記得在中二時的一節英文課中，同學朗讀課文時把 speak 的 -peak 讀作 *peak 單字的讀法，即像 /s/ 後面加一個完整的 *peak 音，我當時直覺覺得這讀法不自然，自己慣常的讀法，發 -peak 的起始 /p/ 時，好像跟正常的 /p/ 有分別，但看看這個字的串法，又明明是 s + peak！從此我便留意老師和其他同學怎樣讀 sky、speak 和 stick 一類的字，發現原來這些以 's' 開頭的字，當中的 k、p、t 的讀法都和 /k, p, t/ 的基本讀法不同。

你不妨試試一讀下面各組字詞，感覺 /k-, p-, t-/ 和 /sk-, sp-, st-/ 中 /k, p, t/ 音的分別：

	例一		例二		例三	
第一組 /k/	key	ski	kid	skid	car	scar
第二組 /p/	peak	speak	pun	spun	pit	spit
第三組 /t/	tick	stick	top	stop	tool	stool

也許你已發覺，/s/ 緊隨的 /k, p, t/ 好像讀作 /g, b, d/, 亦即 scar 像 'sgar'，speak 聽起來像 'sbeak'，stick 像 'sdick'；不錯，但當中仍然有微妙的分別。

語音學把 /sk-, sp-, st-/ 中的 / k, p, t/ 標示為不送氣的（unaspirated）/k, p, t/，而「標準」的 /k, p, t/ 卻是送氣的（aspirated），所謂「送氣」，即發音時要帶明顯的呼氣。試讀讀 hair、hit、hot 怎樣發 /h/ 的部分，就能體會到「送氣」的意思。

Ski、speak、stick 中的 /k, p, t/ 就是不送氣的，從上面的字例就可看出，在單字中若 /k, p, t/ 緊隨 /s/，便變成不送氣。但切記這不送氣的 /k, p, t/ 和 /g, b, d/ 仍有分別，/g, b, d/ 是不送氣的濁輔音，千萬不要誇張的把 scar 讀 'sgar'，speak 讀作 'sbeak'，stick 讀 'sdick' 啊。

小實驗

請讀出下列各組字，感覺送氣和不送氣的分別：

第一組		第二組		第三組	
cool	school	pan	span	tar	star
kin	skin	pill	spill	tone	stone

74 Police 真的可以讀作 please？

第 72 章説到香港人常常把 police 讀成 */pəʊˈliːs/，其實 police 第一個音節是非重讀（unstressed），故此要讀成 /pə-/，整個字讀作 /pəˈliːs/。但你有沒有聽過，有人把 police 讀成像 'please'？

為甚麼會衍生出這種讀法呢？其實不妨留意一下 police 的第一個音節：把 police 讀得像 'please'，就是把第一個音節 /pə-/ 中的元音 /ə/ 略去，餘下 /p/，整個字便變成 /pliːs/ 了。問題是，這種省略有沒有根據？

原來在一般略為快速的英語口語中，把非重讀音節（unstressed syllable）的元音省去，是很常見的現象，稱為省略（elision）。而英語又有 /pl-/ 這輔音連綴（consonant cluster），所以把 /pəˈliːs/ 讀作 /pliːs/ 也很自然。非重讀音節出現在多音節單字的中間，也常常被省去，例如下列各字中以下劃線表示的音節：

comf<u>o</u>rtable, lib<u>ra</u>ry, lit<u>era</u>ry, veg<u>e</u>tables.

這就解釋了為甚麼不少人會把 library 讀成像兩個音節的 /ˈlaɪbrɪ/，這不是懶惰，只是省略。小心謹慎的讀法當然是 /ˈlaɪbrərɪ/。

那麼 secretary 應讀作 /ˈsekrətərɪ/ 還是 /ˈsekrətrɪ/？原來當這非重讀元音出現在單字的倒數第二個位置時，被省去的機會就更大，例如：

Edinburgh, factory, literary, lottery, itinerary, probably, Salisbury, secretary.

🗩 語音術語話你知
　　省略（elision）：在略為快速的説話中，把單字中非重讀音節的元音省去。

　　Lottery、factory、secretary 這三個字，如果運用省略的讀法，尾音便是 /-trɪ/，發音沒有甚麼難度，但是把省略運用於 literary、itinerary、probably 時，由於會引致兩個輔音連綴，讀起上來便要花點氣力，例如 itinerary 的精確讀法是五個音節的 /aɪˈtɪnɔrɪrɪ/，假如把第三和第四個音節省去，便變成 /aɪˈtɪnrɪ/，要發好尾音節 /nr-/ 這輔音組合，便得要一點技巧了。

　　當然，說話時需要清楚說出某單字時，把所有的音節都完整發出，也是順理成章的。

　　順帶一提，police 雖然在快速的說話中常被說像 ‘please’，但兩字的結尾輔音不相同，前者是 /-s/，後者是 /-z/。

小挑戰

若聽到有人把 perhaps 讀作單音節的 /præps/，這有沒有問題？

答案：沒有問題，這不過是較懶的一種。

75 Representative 中的 -ta- 怎樣處理？

　　Represent（代表）一字，一般香港人都能夠準確地將重音放在第三個音節，即 re.pre.SENT，將這動詞轉換為 representation 時，也懂得把主重音（primary stress）正確地放在 -ta-，讀 re.pre.sen.TA.tion。但這重音模式卻往往被錯誤帶到 representative（代表）這字上，讀成 *re.pre.sen.TA.tive。其實重音位置和動詞 represent 一樣，在第三個音節，讀 re.pre.SEN.ta.tive。

　　這種由一個單字衍生出其他單字而誘發的重音位置變化的例子可不少呢。例如名詞 argument，重音在首音節讀 AR.gu.ment，衍化為 argumentation 後，主重音落在第四個音節，讀 ar.gu.men.TA.tion。但 argument 的形容詞 argumentative，主重音卻落在第三個音節，讀 ar.gu.MEN.ta.tive！一不小心，便會跟從 ar.gu.men.TA.tion 而錯讀成 *ar.gu.men.TA-tive，這亦是香港常聽見的誤讀。

　　另外有兩個單字，其倒數第二個串作 -ta- 的音節也經常被錯誤重讀為 -TA-，一個是 authoritative（有權威性），不應讀作 *au.thor.i.TA.tive，而是 au.THOR.i.ta.tive；另一個是 consultative，此詞在今天強調諮詢的社會氛圍下成為常用字，但常被誤讀為 *con.sul.TA.tive，正確的讀法是 con.SUL.ta.tive。

　　換句話說，argumentative、authoritative、consultative 和 representative 的倒數第二個音節都是非重讀的 /-tə-/。

　　類似的例子還有 inform、information、informative 這一組字：

1 inform: in.FORM
2 information: in.for.MA.tion
3 informative: in.FOR.ma.tive

Consider、consideration、considerate 這一組又如何？
在重音處理上，大部分香港人都能正確地讀成 con.SI.der、
con.si.de.RA.tion、con.SI.de.rate。要注意的反而是 con- 要
讀 /kən/ 而非 */kɒn/；Considerate 的尾音節是 /-rət/ 而非讀
成 rate 的 */reɪt/。

要補充的是，上面集中談的是例字中的主重音（primary
stress），但當中有些字如 consideration、information、
representative，還有另一個較輕的重音，稱為次重音
（secondary stress），但由於影響一個單字的讀音主要是主
重音，為了容易明白，就不把次重音標示出來了。

最後要提另一個常見的誤讀，動詞 pronounce（發音）
的重音在第二個音節，此字的名詞 pronunciation 的重音
卻在第四個音節，即 pro.nun.ci.A.tion，而且第二個音節
是 /-nʌn-/，不是 */naʊn/。

小實驗

試把下面各組字以正確的重音模式讀出：
1 democracy, democratic;
2 geography, geographical;
3 narrate, narration, narrative, narrator;
4 provoke, provocation, provocative.

76 Bike 和 buy 為何用相同的元音音標？

在第27章中提到下面三組元音相同（都是 /aɪ/），但讀音有別的單字：

第一組：buy, fly, lie, my;

第二組：lied, mine, rise, tribe;

第三組：bike, ice, might, rice.

在第63章中，也提到類似的現象，即 /aʊ/ 有三種讀法：

第一組：bow（動詞）, cow, how, now;

第二組：crowd, loud, proud, town;

第三組：drought, mouse, mouth, out, scout, shout.

你也許會問，這些元音既然有不同的讀音，為何不採用不同的拼音符號（phonetic symbol）來識別？這想法是對的，若用粵語來類比，/aɪ/ 的第一組接近粵語的「街」，第三組接近粵語的「雞」，而粵拼也用兩個不同的符號去標示：

1　/aai/：街、挨、戴、擺、賴；

2　/ai/：雞、矮、低、西、妻。

再以 /aʊ/ 的三組字為例，第一組接近粵語的「掊」，第三組接近粵語的「歐」，而流行的粵語拼音法「粵拼」，的確採用兩個拼音符號標音：

1　/aau/：包、交、抄、較、孝、效；

2　/au/：收、秋、留、口、休、獸。

💬 語音術語話你知

拼音符號（phonetic symbol）：語音學上用以標音的符號。

　　既然如此，為甚麼英語的標音系統（transcription system）不將 /aɪ/ 和 /aʊ/ 分別分拆為三個音標？

　　原來音韻學家的一個考慮，就是不想在一個系統中使用太多的拼音符號，反而希望用最少的符號去涵蓋最多的情況。碰巧 /aʊ/ 和 /aɪ/ 衍生的三個讀法，都有規律可循：當隨後的音是清輔音（voiceless consonant），例如 /k, p, s, t/ 時，便將它們明顯地縮短；當隨後的音是濁輔音（voiced consonant），例如 /b, d, g, z/ 時，便將它們略為加長。只要使用系統的人都認識此等規律，便毋須使用不同的符號了。

　　粵語的語音體系沒有這特色，一個字讀「秋」或「抄」，讀「妻」或「猜」，完全無跡可尋，所以粵拼就要分別用 /au/ 和 /aau/、/ai/ 和 /aai/ 去表示各個不同發音的韻母了。

小實驗

以下的都是無意義單字，試根據上面談到的規律，把它們讀出來：

1　/laʊ/, /laʊb/, /laʊk/;
2　/kaɪ/, /kaɪd/, /kaɪp/.

77 Café 的重音在前抑在後？

絕大部分的英文單字都有固定的重音模式，試讀下列三組單字，便可體會到三種不同的重音模式：

1　dictation, location, important, insurance, involvement, potato, tomato;

2　arrogant, hamburger, handkerchief, otherwise, secondly, wonderful;

3　Japanese, launderette, mountaineer, picturesque, Portuguese, volunteer.

有時候我們讀錯一個字，原因是弄錯了它的重音模式，例如把 composition 讀作 *com.po.SI.tion，是沒注意到它還有一個次重讀的 com-，即要讀 /ˌkɒmpəˈzɪʃən/。

有趣的是，有一些字有兩個不同的重音模式，兩個讀法也可接受，café 就是其中一個例子，它可以讀成

重音在前的 CA.fe，即 /'kæfeɪ/，也可以是讀作重音在後的 /kæ'feɪ/，但讀作單音節的 */keɪf/ 就萬萬不可了。Café 令我想到同是字母 C 開頭的 cigarette。香港人讀這個字大多把重音放在首音節，即讀 CI.ga.rette，但原來 cigarette 也可以讀作 /ˌsɪɡɔ'ret/，即把主重音放在第三個音節的 -rette。還有一個字母 C 開頭的字 controversy 的重音也容易弄錯，但只要將 controversy 和 democracy、economy、psychology 比較，便可推斷出它的重音在第二個音節，即 con.TRO.ver.sy，它還有另一個重讀模式是 CON.tro.ver.sy。

　　也有一些單字，詞性不同時有不同的重音模式，例如 import 作動詞時讀 im.PORT，作名詞時讀 IM.port；Object 作名詞讀 OB.ject，作動詞讀 ob.JECT。Address 一字既是名詞也是動詞，動詞讀 ad.DRESS，作為名詞時則有兩種重音模式，可讀 ad.DRESS，也可讀 AD.dress。

　　也有少數單字會因字義而有不同的讀法，最經典的例子是名詞 committee，解作「委員會」時讀 com.MIT.tee，解作「受委託人」時則讀 COM.mit.TEE。

小實驗

Applicable 一字的重音可以在首音節或第二個音節。試以兩種讀法讀出 applicable。

78　Rough、thorough 和 through 的困惑

　　驟眼看來，rough、thorough 和 through 都以 rough 結尾，照理這三個字應該押韻吧？其實不然。出現在字當中的 -rough，讀法是很難捉摸的。

　　由 rough 連繫到我們熟悉的 enough 和 tough，很容易推斷 -ough 代表 /-ʌf/ 音；但若再看看 cough，便發覺 -ough 的核元音變了 /ɒ/，cough 讀 /kɒf/。那麼 -ough 讀作 /-ɒf/ 音的字多不多呢？我想到的另一個例子就只有 trough /trɒf/ 了。

　　但當比較 cough 和 through 的讀音時，第三種讀法就出來了，就是 through 的核元音 /uː/，即 through 讀 /θruː/，而結尾不發 /-f/ 音。

　　當你再遇到另一個以 -ough 結尾的字，比如 plough 吧，那該如何是好？假如你已經懂得 plough 讀 /plaʊ/，

又會發現 -ough 也可讀作 /-aʊ/！但 -ough 讀法的旅程還未完結啊，看看 although、dough、doughnut、though 吧，-ough 也可讀 /-əʊ/！

這個有趣的歷程提醒我們，-ough 的結尾 -gh，可以代表 /-f/，例如 cough、rough、tough；但也可以不代表任何尾輔音，例如 plough 和 though。

至於在下面一組字中，你能猜到它們的 -ough 代表怎樣的讀法嗎？

Borough, Marlborough, Scarborough, thorough

原來這些字中的 -ough，只代表簡單的 /-ə/，borough 讀 /'bʌrə/，所以 thorough 就是 /'θʌrə/，或是美式讀法的 /'θʌroʊ/。

結論是，遇到 -ough 結尾的單字，如果不太肯定它的讀法，還是查查字典吧。

小挑戰

Thoroughfare（大街）中 thorough 部分，和單字 thorough 的讀音有沒有分別？

79 原來 common 的 com- 不讀 come

在香港，不會有人讀錯 come，但將 come 的讀法 /kʌm/ 錯用於其他以 com- 開始的字，例如 comma 和 common，則大有人在。

Com- 和出現在單字開始的 con- 不同，con- 如果是重讀音節（stressed syllable），就只有 /kɒn-/ 一種讀法，例如：

concept, conduct（名詞）, Conrad, contact（名詞）, content（名詞）, contour, convent.

至於 com- 出現在單字的開端而同時是重讀音節的話，多數讀 /kɒm-/，但很多香港人卻把 com- 讀成像 come 的 /kʌm-/，於是 comma 變成 */ˈkʌmə/，common 變成 */ˈkʌmən/；正確的讀法應是 /kɒmə/ 和 /ˈkɒmən/。下面一組單字的首音節都是重讀，全部都讀 /kɒm-/：

combination, combo, comic, comment, competition, complement, complex, compliment, composite, composition, compound, comprehension, comrade.

例如說 compound interest，首字應讀 /ˈkɒmpaʊnd/，不是 *COME.pound。

那麼，company 該怎麼讀呢？

若你以為 company 的 com- 讀 */kɒm-/ 就錯了。Com- 出現在下面四個單字時，真的要讀作 come 的 /kʌm-/，company 就是其中一個，讀 /ˈkʌmpəni/。其餘三個單字是 comfort、comfortable、compass。

那麼有沒有規律可以推演 com- 應讀 /kɒm-/ 還是 /kʌm-/ 呢？很可惜，答案是否定的。我的建議是：記住大部分情況 com- 都是 /kɒm-/，然後死記 comfort、comfortable、company、compass 這四個例外的常用字。

最後特別提提 compact 和 comparable 兩字。Compact 作為名詞時，讀 /'kɒmpækt/，com- 跟 comma 和 common 的 com- 一樣讀法；作動詞時，讀 com.PACT；作為形容詞，則是 /kəm'pækt/ 或 /'kɒmpækt/。Comparable 則有兩種讀法，COM.pa.ra.ble 或 com.PA.ra.ble，如果讀 COM.pa.ra.ble，這 com- 也是 comma 和 common 的 com- 同一讀法。

至於單音節詞 comb，則既非 */kɒm-/，也不是 */kʌm-/，而是 /kəʊm/。

小實驗

Com- 在下面代表三個音，試準確讀出三組字：

1　combo, comment;
2　comfort, company, compass;
3　coma, comb.

80　令人困擾的字母 H

　　英文字中的字母 H 究竟
發不發音，經常困擾英語學
習者。英國地名中的 H 通常
不發音，例如 Birmingham、
Durham 和 Nottingham 的 H
都 不 發 音，所以把港島的
Bonham Road 譯作「般咸道」
是不夠準確的。同樣，足球明星 Beckham 譯作「碧咸」
也不盡妥當。那麼常用字中的 H，哪些發音哪些不發音
呢？我們不妨先想想自己是怎樣學懂讀英文字的吧。

　　學懂英文單字的發音，一個方法是靠模仿和記憶，
另一個方法是運用拼音 (phonics) 的法則，把單字拼讀出
來。在學校唸書的時候，英文字的讀法大抵都從老師的
範讀中學來，例如下面帶 H 的字，大家都懂得讀，也不
會特別注意當中 H 發不發音的問題：

　　honest, honour, hotel, hour.

　　甚至是下面串法較複雜的字，我們也不會特別推敲
當中的字母 H 究竟應不應該發音：

　　exhausted, exhibition, ghetto, ghost, rhyme, vehicle,
whistle.

　　問題反而出在那些帶 H 字母的非常用字。我們倘若
運用拼音知識拼出讀音，就會假設 H 發音，例如 heir，
解作「承繼人」，憑直觀拼讀，會拼出和 hair 和 hare 同音

的 */heə/ 來，但原來 heir 的 H 是所謂 silent H，故此 heir 應讀作和 air 同音的 /eə/。

好了，要是有人問你 herb（香草）該怎麼讀，你可能就猶疑起來了，如果你參照 heir 的例子，把 herb 的 H 當為 Silent H，讀成 /ɜːrb/，那絕對正確！不過，herb 的 H 其實也可以按照發音規律，讀成 /hɜːb/。

H 在一個字中發不發音，和英語發展的歷史息息相關，這篇小文就不能詳述了。時至今天，同一個含 H 的字而英式、美式發音不同是很常見的，例如 human 一字，英式英語會發出當中的 h 音，讀作 /ˈhjuːmən/，但美式英語中則會有人略去 h 音，讀 /ˈjuːmən/。

下面一組帶 wh- 的字，當中的 H 發不發音？

what, when, where, which, why

我們讀這一組字時，都會以 /w/ 作為起始輔音，when 就讀 /wen/，which 讀 /wɪtʃ/，但如果你聽到有人以 /hw/ 作為起始輔音，即 /w-/ 前面竟然有 /h/ 音，千萬不要奇怪，/w-/ 不錯是較現代的讀法，但較傳統的 /hw-/，在英國和北美某些地區仍有人採用。

小實驗

試以 /hw-/ 作為起始輔音，讀出 what、when、where、which、why。

81 怎樣讀 Michelin chef（米芝蓮大廚）?

　　法國人以廚藝聞名,我們都知道一些和飲食有關的英文字源自法文,那麼就以 Michelin（米芝連）和 chef（大廚）為例,說一說這兩個字當中的 ch 應該怎樣讀。

　　先來個小活動,請根據 ch 的讀法將下面十二個單字分組。至於有多少組,讓我先賣個關子。

　　brochure, catch, chair, champagne, chaos, cheer, chef, chemistry, chic, choir, mocha, porch

　　沒錯,答案是三組,分別代表 ch 的三個讀音,/tʃ/、/ʃ/ 和 /k/。

　　1　/tʃ/: catch, chair, cheer, porch;

　　2　/ʃ/: brochure, champagne, chef, chic;

　　3　/k/: chaos, chemistry, choir, mocha.

🗨 語音術語話你知
　　英語化（anglicized）:把源自其他語言的字以英語的發音習慣讀出。

在香港常聽到的誤讀有：

ache → */-ʧ/　　　　　champagne → */ʧ-/
moustache → */ -ʧ/　　stomach → */-ʧ/

為甚麼同是 ch，會有三個不同發音？我們知道 ch 最常見的讀法是 /ʧ/，例如 change、chess、chore；但原來讀 /ʃ/ 的，多數源自法文，例如 chauffeur、chef、cliché、Michelin；而 ch 讀作 /k/ 大多源自希臘文，例如 ache、chemist、chorus、echo。

Michelin 當中的 ch 本應讀作 /ʃ/，但作為英語世界的常用詞，也有英語化（anglicized）讀法，即 ch 讀作 /ʧ/，全字便是 /ˈmɪʧəlɪn/。但 chef 仍然是 /ʃef/，要是讀作 */ʧef/，便貽笑大方了。

說完飲食，再來說說地方名，美國州名密芝根（Michigan）和城市芝加哥（Chicago）的 ch 應讀 /ʧ/ 還是 /ʃ/？如果我們記起法國曾在 17 世紀殖民過美國一些地方，答案便再明顯不過了，應讀 /ʃ/。不過今天也有不少人把當中的 ch 讀作 /ʧ/，這也是另一個英語化讀法。

小挑戰

新加坡有著名的 Orchard Road（烏節路），它的植物園也以 orchid（蘭花）聞名。試準確讀出 Orchard 和 orchid。

答案：Orchard /ˈɔːʧəd/　orchid /ˈɔːkɪd/

82 Tiramisu 一點都不 terror（恐怖）

　　那天在餅店聽到一位女士向店員説要購買 terror misu，我嚇了一跳。英語 terror 解「恐怖」，把 tiramisu 説成 *terror misu 真的有點恐怖。

　　英語不少和食物有關的名詞來自法語、德語、意大利語和西班牙語。Tiramisu 是意大利甜品，經過讀音英語化後，也許會有不同的讀音。但重要的是首音節讀 /ti/，不要誤讀作 terror 的首音節 */te-/。

　　Hamburger 也是個常被誤讀的字，它的重音在首音節，並非在第二個音節，即應讀作 /'hæmbɜːgə/。

　　至於 pizza，要想讀得地道，應在 /piː/ 後面加上 /t/ 音，即讀作 /'piːtsə/。

　　香港人喜歡吃 *「暴飛」（buffet），但要注意這不是地道的英文讀法，英式的讀法是 /'bʊfeɪ/ 或 /'bʌfeɪ/，美式的讀法是 /bə'feɪ/ 或 /buː'feɪ/。

　　由食物說到飲料，香港人說各種咖啡飲品都說得不錯，例如 cappuccino、latte、mocha。至於飲咖啡的地方 café，重音放在首音節（即 /'kæfeɪ/）或放在第二個音節（即 /kə'feɪ/）都可以。至於常用的 restaurant，正確的讀法是三音節的 /'restərɒnt/，但大多時候人們都會縮短為兩音節的 */'restrɒnt/。此外，美國有一些較平民化又有侍應服務的餐廳，類似我們的茶餐廳，稱為 diner。Diner 的讀音和 dine 類似，應讀作 /'daɪnə/，切勿讀作 *dinner /'dɪnə/。

　　最後說一說西餐各組成部分：如果頭盤是湯，要注意 soup 的元音是長音 /uː/，應讀 /suːp/；至於主菜（main course），美國人說 entrée，但歐洲人認為 entrée 是 main course 前的一道菜，無論如何，entrée 的讀法是 /'ɒntreɪ/；至於甜品（dessert），要注意中間的 -ss- 原來是讀 /z/ 音呢！

小挑戰

下面兩個食物字應該怎樣讀？
croissant（牛角包）
paella（西班牙炒飯）

83　香港人和英國人誰的 Ikea 讀音更準確？

　　Ikea 是著名的瑞典家俬品牌，香港人對 Ikea 已有慣常的讀法，但如果你有機會聽聽英國人的讀法，會發覺和我們的很不同，他們讀作 /aɪˈkɪə/；不過就以這個專有名詞（proper noun）來說，香港人的讀法卻比英國人的更接近瑞典語的讀法呢！

　　全世界大部分文字都以羅馬字母為基礎，縱使它們和英語有相同的字母，也不一定有相同的字位和音位的關係，即 grapheme-phoneme correspondence（GPC）。記得小時候初次學習 Paris 一字的讀法，當時覺得很奇怪，它的發音和中文的「巴黎」很不一樣啊！長大後有機會聽到 Paris 的法語讀法，才驚異地發現它和「巴黎」發音相似；英語的 /ˈpærɪs/ 是將 Paris 加以英語化的讀音。

　　這就解釋了為甚麼英國人把 Ikea 讀得像 idea，因為兩個字在串法上很相似。這些英語化讀音的例子其實不少，我們把 Eiffel Tower 譯作「艾菲鐵塔」，這「艾菲」其實受英國人讀 Eiffel 影響，法語 Eiffel 的讀法其實很不同呢！

　　現今就算本來不是以羅馬字母為基礎的文字，也會發展一套以羅馬字母為基礎的拼音寫法，例如中文的漢語拼音和日語的英語標音，但這些拼音法並不一定依從英語的 GPC。這就是為甚麼除非學過漢語拼音，否則外國人總是把 Shenzhen（深圳）讀成 *∫endʒen/；看到 kung fu（功夫），把 kung 有時讀作 /kʌŋ/，有時讀作 /kʊŋ/。

　　至於日語「拉麵」和「壽司」的英文串法 ramen 和 sushi，外國人讀起來都像日語原來的讀法，但著名的神戶牛柳 Kobe beef，西方人用英語化的方式讀 Kobe，即 /kəʊbɪ/，也是 NBA 球星 Kobe Bryant 的名字的讀法，這與「神戶」原來在日文的讀法便頗有距離了。

小知識

要想找出一個非英語的專有名詞在其原本語言的讀法，可嘗試 http://forvo.com/ 和 http://howjsay.com/ 。

84 Coupon 不是 'kiupon'

　　香港人說到換領券 coupon 時，大多會用它的英文原詞，但又大多誤讀成 *kiu.pon，把首音節的 cou- 說成 */kiu/，這其實是受到粵語音韻系統的影響，粵語的「僑」和「轎」的韻母就是 iu，但說英語時仍然說 *kiu.pon，問題便出現了。Coupon 的首音節讀音像 'coo'，全字就是 /ˈkuːpɒn/。

　　英語中有不少源自法語的單字，coupon 就是其中一例，這些單字大多仍保留法語原來的讀音，沒有被英語化，法語串作 ou 的元音，讀音像英語的 /uː/。

　　今天英文單字中的 bouquet、boutique、soufflé 和 souvenir，當中的 ou 都讀 /uː/，例如 boutique（賣時裝的小店），以前這個字流行時，香港人無論在日常談話還是說英語時，都愛說成 *「暴.tique」，其實 bou- 讀 /buː/，boutique 的正確讀法是 /buːˈtiːk/。至於 soufflé 在香港日

常用語說成「梳乎厘」，它的首音節是 /suː-/；而 souvenir 的 sou- 也讀 /suː-/，不要讀得像 *so。

　　既然說到 boutique 和 souffle，就讓我繼續談吃喝玩樂吧。在較正式餐廳用餐，固然可以叫套餐，但要吃得講究便可以 à la carte（點菜），carte 跟 cart 讀便可，à la 可讀作 /ˌæ lə/ 或 /ɑː lɑː-/；餐前小點 hors d'oeuvre 讀作 /ɔː ˈdɜːv/。侍應把客人點的主菜端上桌後，會說 bon appétit，意思類似 enjoy，讀法是 /ˌbɒn æpəˈtiː/。用餐期間，主廚（chef）也許會出現，chef 也是法文，讀 /ʃef/。至於香港人喜歡的甜品，crème 讀音像 'crem'，而 brûlée 是雙音節詞，第二個音節像輕音的 lay。

　　最後一提，法語的 prêt-à-porter，指即買即穿的衣服，即 ready-to-wear。後來出現一連鎖快餐店，專賣三文治和沙律，名為 Pret A Manger，當中 manger 指吃，即 ready-to-eat。Manger 沒有英語化的讀音，原來的法語讀法不易掌握，很多香港人把其省略為易讀的 pret，原來不少英國人也是這樣做的呢！

小知識

我們熟悉的英文字 menu、omelette 和 picnic 原來也源自法語，今天跟從英語化的發音就可以了。

85　注意演唱會中怎樣喊 encore

之前在第 82 章中說過一些飲食詞彙，由於源自歐洲其他語言，所以不能當作英文般拼讀出來，這樣的例子在其他領域為數不少。

記得小時候，每每聽到大人在演唱會完場前高呼encore，但那時人們高叫的 */ˈeŋkɔː/ 原來是誤讀。這字是法文，是 again 的意思，讀音是 /ˈɒŋkɔː/，這字並沒有英語化（anglicized）的讀法。

求職的履歷表 resume 也是法文，讀法是 /ˈrezjʊmeɪ/，千萬不要讀成作動詞用的 */ˈrɪəzjuːm/ 啊！履歷的另一說法是 CV，但知道 CV 是 curriculum vitae 的省略的人似乎不多。Curriculum vitae 是拉丁文，讀作 /kəˈrɪkjʊləm ˈviːtaɪ/。

　　雖然不少人不會讀存在英語中的法文字，但懂得企業家 entrepreneur 正確發音的香港人卻也不少。這個字也是法文，讀 /ˌɒntrəprəˈnɜː/。在談到英語寫作題材 genre 時，能正確以近法文的 /ˈʒɒnrə/ 讀出的人亦不少。但能準確讀出 lingerie（高級女性內衣）卻又不多了，美國人常把它讀成像 *laundry。此字的英語化讀音是 /ˈlænʒəri/，不少美國人把第一個音節讀成像 */lɒn/，聽起來像 *laundry，我倒不太認同。

　　小孩子上幼稚園的 kindergarten 是德文，大部分香港人讀此字時都把主重音（primary stress）放在第三個音節 -gar-，其實這個字只有一個重音，在第一個音節 kin-，即 /ˈkɪndəɡɑːtn/。

　　香港小孩子入讀幼稚園後便開始學習各種藝能，例如芭蕾舞（ballet），ballet 這個字明顯源自法文，那麼重音在第一還是第二個音節？答案是兩者皆可。

小挑戰

歐洲詞彙進入英語後，有些發音被英語化，但同時也有人跟從原來的讀音。你會怎樣讀 renaissance 一字？

答案：/rəˈneɪsɑːns/　/rɪˈneɪsɑns/　/ˈrenəsɒns/　/ˈrenəsɑns/　/ˈrenəsɑːns/

86 我好像聽到外國人把 that 說成 'dat'

如果你曾經聽到母語是英語的人，好像把 that 讀作
*dat，不要以為自己聽錯了。這個困擾我們的 th 音，其
實應該怎麼讀？

這個音之所以難
讀，在於你先要把舌
尖放在上下牙齒之
間，然後讓口中的空
氣在舌尖和牙齒的夾
縫中慢慢流出，造出
一個磨擦音（fricative）。在這過程中，如果聲帶不震動，
發出來的是清音的齒音磨擦音（dental fricative），國際音
標是 /θ/，例字有：

1　thick, thin, think, thought;
2　athlete, author, method;
3　bath, breath, cloth, math, path.

這個 /θ/，不小心聽的話，會聽作另一個磨擦音 */f/
音，這也是常見的誤讀，即把 thin 讀作 *fin、把 thought
讀作 *fought、把 path 讀作 */pɑːf/。

但更大的挑戰是，/θ/ 也有一個相對的濁音（voiced
sound）讀法，即 /ð/，例字有：

1　this, that, these, those, though;
2　although, father, mother, other, within, without,
worthy;
3　clothe, breathe, soothe, with.

🗩 語音術語話你知

　　磨擦音（fricative）：口腔通路縮小，氣流從中擠出而發出的輔音。

　　齒音磨擦音（dental fricative）：以舌尖觸着牙齒時所發出的磨擦音。

這個 /ð/，一下偷懶，便會發成另一個濁音磨擦音
*/d/，例如：

1　that → *dat
2　then → *den
3　this → *dis
4　though → */dəʊ/

這解釋了為甚麼母語是英語的人士，會把 that 讀作
*dat，香港人為甚麼把 mother 説作 *「媽打」也是同一道
理。

那麼，是否有一些語音會比另一些語音較難發？
答案是肯定的。部分語音，需要發音器官（organs of
speech）多做功夫，例如 /θ, ð/，要發得準，的確要比發
/f, d/ 多做功夫。這也是為甚麼 mama 和 papa 成為很多
語言中嬰兒對父親和母親的稱呼，因為在牙牙學語的階
段，/m/ 和 /p/ 都是很易發出的語音。

小實驗

請跟着錄音，準確地讀出下列各字：

1　this, that, these, those, though;
2　although, father, mother, other, within, without, worthy;
3　clothe, breathe, soothe, with.

87 Th 音的挑戰

　　上一篇解釋了 th 音的發音難度，更難的發 th 音的字還多着呢：

thread, three, thrive, thrift, through, throw.

　　要讀準這些字，需要在極短時間內，先發出本來已不易的 /θ/ 音，隨即要發同樣不容易的 /r/ 音。難怪在日常的輕鬆社交場合，不少人會「偷工減料」，把 through 讀作 */fruː/，把 throw 讀作 */frəʊ/，更常見的莫過於把 three 讀作 *free 了。新加坡英語更常把 three 讀作 *tree 呢！

　　除了發音器官花力氣之外，發 th 音的另一難處，是難以憑串法知道字中的 th 應讀作清音（voiceless sound）的 /θ/，抑或濁音（voiced sound）的 /ð/。我們也許知道 thou（你）字中 th 是濁音 /ð/，但當你第一次見到 thigh 這個單字，卻不能肯定這 th 是發 /θ/ 還是 /ð/；再說回 thou，讀法是 /ðaʊ/，但在 thousand 中的 thou- 卻讀 /θaʊ/，不讀 */ðaʊ/，全字讀作 /ˈθaʊzənd/。

　　Rhythm 和 worthy，當中的 th 也經常被誤讀作清音的 */θ/，其實兩字的 th 都是濁音的 /ð/。With 一字，我們習慣讀成 /wɪθ/，卻原來它的尾音也可以讀成濁音，即 /wɪð/。

　　詞性的改變也會把 th 音由清音轉化為濁音，例如名詞 bath 是 /bɑːθ/，動詞 bathe 卻是 /beɪð/；名詞 cloth 是 /klɒθ/，動詞 clothe 卻是 /kləʊð/；Youth 單數時是 /juːθ/，但複數時卻可以是 /juːðz/，只是讀 /juːθs/ 也可接受。

還有另外一些例子，如 north 讀作 /nɔ:θ/，但 northern 中的 th 就變了濁音，即 /'nɔ:ðən/。更要注意的是 south

和 southern，讀音上不但有類似的轉變，southern 中的 south- 的元音更由 /aʊ/ 變作 /ʌ/，所以 southern 要讀作 /'sʌðən/。這個字的讀法地理老師和學生要留意了。

至於灣仔的修頓（Southorn）中心和修頓球場，這 Southorn 中的 south- 沒有統一讀法，但當中的 th，英語是母語的人傾向和 southern 一樣，即讀濁音 /ð/。

小實驗

試準確地讀出下列各組單字：

1 cloth, clothe;
2 bath, bathe;
3 south, southern;
4 north, northern.

88 要去 Oxford 和 Cambridge 讀書先讀好地名

英國地名中常常有 silent letter，一不小心便會把地名讀錯。其實還有不少著名的英國地名，在香港常給讀錯了。你也猜到了吧？

夢寐以求上牛津（Oxford）大學或劍橋（Cambridge）大學的香港學生，卻常常把兩家大學的名稱讀錯了：把 Oxford 的 -ford 讀作 *ford，把 Cambridge 的 cam- 讀作 */kæm/。正確讀來，-ford 是輕音的 /-fəd/，Oxford 應讀作 /ˈɒksfəd/；Cam- 應讀 /keɪm/，Cambridge 應讀作 /ˈkeɪmbrɪdʒ/。至於另一所大學 University of Reading，不應把 Reading 讀作一般的 reading，Reading 作為地名的讀法是 /ˈredɪŋ/。

從求學再談到旅遊，先說 London。以前不少香港人用粵語音譯的「倫敦」去讀 London，不知道正確的讀法是 /ˈlʌndən/，這錯誤近來似乎糾正了。倫敦名勝泰晤士河 River Thames 又該怎麼讀？也許受了 tame 讀音的影響，不少人把 Thames 讀作 */teɪmz/，其實 Thames 應讀作 /temz/。

倫敦近郊的 Greenwich 因「格林尼治時間」以該地命名而聞名於世，我還記得小時候聽香港電台新聞，報導員報時的時候會說「現在是格林威治時間……」，到今

天，還有不少人把 Greenwich 第二個音節讀成 *-wich，但在傳統的讀法中，這 W 是 silent letter，即 Greenwich 要讀成 /ˈɡrenɪʤ/ 或 /ˈɡrɪnɪʤ/。到英國旅遊或移居當地的人愈來愈多，他們讀 Greenwich 時依字的串法來讀，也只能見怪不怪了。

　　蘇格蘭也是一個熱門旅遊點，首府 Edinburgh 的尾音怎麼讀也夠考人的。我小時候，大部分香港人會模仿「愛丁堡」這音譯，把 -burgh 的部分讀成 */-bɜːɡ/，今天多數人都知道 Edinburgh 應讀作 /ˈedɪnbərə/ 或 /ˈedɪnbrə/，情況像 Loughborough 可讀作 /ˈlʌfbərə/ 或 /ˈlʌfbrə/。至於蘇格蘭著名的尼斯湖 Loch Ness 中的 Loch 要讀得地道很不容易，一般讀作 /lɒk/ 便可以了。

　　由於歷史原因，英國很多地方名的讀音，連美加紐澳人士也給難倒呢！

小挑戰

英國地名中的 Bournemouth 和 Plymouth，第二個音節不讀成單字的 mouth。這兩地方應該怎樣讀？

答案：Bournemouth: /ˈbɔːnməθ/　Plymouth: /ˈplɪməθ/

89 Salisbury Road 的中文名應怎樣譯？

　　年輕的讀者，大概不知道當年這條馬路的中文譯名是「梳利士巴利道」，而不是今天的「梳士巴利道」，舊的譯名為甚麼會加了 *「利」音？大概當年負責翻譯的政府官員，看見 Salisbury 中的 -lis-，便憑直覺把它譯出成 *「利士」，不知道 -lis- 中的字母 L 是不發音（silent letter）的，Salisbury 應讀作 /'sɔːzbri/。

　　先前第 80 章説到英文地名中存在不少 silent letter。香港以英國地名命名的例子多不勝數，類似的誤讀就很常見了。例如香港理工大學校園有 Keswick Hall，這 Keswick 就是英國地名，Keswick Hall 的中文譯名是 *「賈士域堂」，-wick 這一音節被譯作 *「域」，但其實 Keswick 中的 -w- 是 silent letter，Keswick 應讀作 /'kezɪk/。要是憑中譯去推敲 Keswick 的讀音，便會讀錯

了。右圖中的街道在
銅鑼灣，中文譯法便
注意到 Keswick 中 -w-
作為 silent letter 的特
性了。

字母 W 作為 silent
letter 在英國地名頗為
常見，例如 Fenwick 讀作 /'fenɪk/，而不是 */'fenwɪk/。你
大概馬上想到灣仔 Fenwick Street 的 Fenwick 譯作 *「分
域」，跟 *「賈士域」的譯法犯了同樣的錯誤，就是不知道
Fenwick 中 W 是 silent letter。

再舉兩個涉及 silent W 的例子：英國的 Norwich 和
Warwick，在香港被譯作 *「諾域治」和 *「華威」，於是不
少人就把兩地名中的 -w- 音發出來，其實這兩個地名的
正確讀法都不發 -w- 音的。

小實驗

以下三個英國地名，當中的 -ce- 也是不發音的，請嘗試
拼讀出來：
Gloucester, Leicester, Worcester.

90　Mody Road 應否譯作「摩地道」?

　　上一篇章談到一些香港街道中文音譯的毛病,當中的問題都源自對英文原名中輔音字母的錯誤理解;本篇則集中談對英文街道名稱中元音字母的錯誤理解,像 Mody Road 的 Mody 為何不宜譯作 *「摩地」。

　　由於中英音韻系統不同,英文街道名稱中的元音未必能在粵語中找到對應的元音,*「遮打道」和 *「遮打花園」的中譯就是一例。*「遮打」原字 Chater 的首音節不是像 chat 的 */ʧæt/,而是 /'ʧeɪ-/,但粵語沒有近 /ʧeɪ/ 音的字,中譯便將錯就錯譯成 *「遮」音了。又例如 *「漆咸道」的英文原文 Chatham 讀 /'ʧætəm/,而粵語最近 /'ʧæt/ 的音也就只是「尺、赤、呎」,就算譯作 *「赤潭道」也好不了多少。

　　把 Mody 譯 *「摩地」,則可能源自對英文中元音字母的錯誤理解了。英文字 model、modern、modest、modify 中的 mo-,聽起來的確跟「摩」音很接近,但 Mody 卻是讀 /'məʊdɪ/,這 mo- 像 mode 和 modal 的 mo-,粵音接近的字有「武、模、髦、舞、慕」等,都比 *「摩」音更接近英文的讀法。

　　中環有 *「都爹利街」,源自英文 Duddell Street,第一個音節所以譯作 *「都」,可能受了 dual、due、duke 中 du- 的發音的影響,但其實 Duddell 讀 /'dʌdəl/,這裏 du- 的發音跟 dub、duck、dust 中的 du- 一樣,粵語中「德、特、突」等字就比 *「都」更接近英文的讀法。灣仔峽的

Stubbs Road 譯作 *「司徒拔道」，也可能源自對 -u- 音的錯誤理解，但其實 Stubbs 讀 /stʌbz/。

此外，九龍塘 Suffolk Road 譯作 *「沙福道」、渣甸山 Clementi Road 譯作 *「金文泰道」，同樣是弄錯元音發音的問題：Suffolk 讀 /'sʌfək/，Clementi 讀 /klɪəmentɪ/。

不過，最後我也要肯定兩個佳譯，一是 Des Voeux Road Central 譯作「德輔道中」，另一是 D'Aguilar Street 譯作「德己立街」，兩個名字看起來都不像英文，莫非官員著意查找過原文的讀音，所以沒有被串法誤導了？

小挑戰

九龍塘的 Lancashire Road 譯作「蘭開夏道」，Lancashire 和「蘭開夏」讀法頗有距離；你猜到譯者的思路嗎？

答案：「蘭開夏道」可能是 Lancashire Road 的早期錯誤音譯。

91　爲何碧咸不是 David Beckham？

　　之前說過不少英國的地名，讀法不能從串法推敲出來，其中一個頗常見的例子是不發音的字母 H。原來這現象在人名中也很常見。

　　英國著名足球明星 David Beckham 的姓 Beckham，港譯 *「碧咸」，誰知 Beckham 中的 H 正是 silent letter，只要把 -h- 忘掉，讀 /'bekəm/ 便對了。一些有 silent H 的常見名字如 Anthony、Thomas、Thompson 等，很多人知道 H 不發音，但當遇上較少人用的名字便要小心了，Graham 便經常被人讀錯，把 -ham 部分依串法來讀。其實這 H 也是 silent H，Graham 有人讀 /'greɪəm/，有人讀 /græm/，但記住千萬別把結尾讀成 *-ham 啊。

　　Hugh 的 -gh 結尾，也完全沒有輔音，讀 /hjuː/ 就好了。

　　串法不一定反映讀法，從 Lisa、Rita 和 Tina 可知。雖然一般英文字中的 -i-，都是發短元音 /ɪ/，像 bitter、litter、thinner 等字就是，但 Lisa、Rita 和 Tina 的首音節都是長元音 /iː/，Peter 的第一個音節，當中的 -e- 也是長元音 /iː/。

　　不跟串法來讀的常見人名，還有 Stephen。一般 ph 串法讀作 /f/，例如 photo 和 physics，但 Stephen 中的 -ph- 讀作 /v/，換句話說，和 Steven 的讀法完全相同。

　　有一些名字，有兩種讀法，例如 Louis，尾音 /-s/ 可有可無；又例如女性名字 Naomi，香港較少人用，重音放在第一或第二個音節都可以；Helen 大家都知道讀 HE.len，記得小時候第一次看見 Helena 這名字，不知道重音放在那裏，原本 Helena 讀 HE.len.a 和 He.LEN.a 皆可；同是女性名字的 Leila，第一個音節可以是 /ˈliː-/，也可以是 /ˈleɪ-/。蘇格蘭傳統姓氏 Mackay，第二個音節可以是 /-keɪ/ 或 /-kaɪ/。

　　但原來有三個讀法的名字也有呢！初中時音樂課唱 Santa Lucia, 老師示範 Lucia 的發音是 /luːˈtʃiːə/，即重音在第二個音節，兼且 -c- 發 ch 音，後來發現 Lucia 原來也可讀作 /ˈluːsɪə/ 和 /ˈluːʃə/。

　　總括一句，像 Beckham 的 H 不發音，很多名字的讀法有歷史因素，以致不能完全依賴其串法。

小挑戰

上面說到 Lisa、Rita 和 Tina 的首音節是長元音 /iː/，那麼 Gina 和 Nina 的情況是否相同？

。者：游欣

92 小心讀源自法文的英文字

　　好些有關吃喝玩樂的英文字，都源自法文。其實還有不少意思嚴肅的英文字，也源自法文，還保留了法語的讀法。如果在嚴肅的場合讀錯這些字，也許出了洋相也不自知呢。

　　先說三個和地點和出行有關的字。Depot 是常見的字，解作儲物站，但千萬不要依串法拼讀成 */dɪˈpɒt/，正確的讀法是 /ˈdepəʊ/ 或 /ˈdiːpoʊ/。Quay 指小碼頭，也源自法語，前面的 qu- 不該讀如 quick 和 quiet 的 */kw-/，而要讀 /k-/，quay 英式英語讀 /kiː/。「在途中」en route 也是法語，route 很少香港人讀錯，要小心的是 en 應讀 /ɒn/，像 on，於是 en route 該讀作 /ˌɒn ˈruːt/。

　　一個國家發生政變 coup，這 coup 的結尾 -p 千萬不要讀出來，coup 讀 /kuː/ 就成了，像 'coo'。政變中有人四處破壞 sabotage，這 sabotage 尾音不像一般以 -age 結尾的英文字讀 */-eɪdʒ/，而是讀 /-ɑːʒ/，sabotage 就是 /'sæbətɑːʒ/。地方被破壞後的殘留物 debris，這字的 's' 千萬別讀出來，debris 讀 /'debriː/ 或 /'deɪbriː/。

　　討論事情時，覺得它似曾相識，這感覺是 déjà vu，讀法是 /ˌdeɪʒɑː 'vuː/；要說一件事情的存在理由，就是它的 raison d'être，讀音是 /ˌreɪzɒn 'detrə/；如果一個論點是陳腔濫調 cliché，這 cliché 是雙音節的 /'kliːʃeɪ/；在討論過程中犯了社交的小錯誤 faux pas，這小錯誤是 /ˌfəʊ 'pɑː/；要是其他人說了一些話令你不快，不快 chagrin 的讀音是 /'ʃægrɪn/。

　　Petite 一字形容女性身材嬌小，它也是源自法文，《小王子》一書的法文原名就是 Le Petit Prince，而 petite 的讀音是 /pə'tiːt/。

小實驗

Entrepreneur（企業家）這個字也源自法文，你能夠準確的讀出來嗎？

93 Schedule 和 tomato 究竟該怎麼讀？

　　一天在尖沙咀，聽到兩個外國人爭論 tomato 該怎麼讀，爭論的核心是 tomato 當中的 -ma- 應讀像 may，即 /təˈmeɪtoʊ/，還是像 /mɑː/，即 /təˈmɑːtəʊ/。

　　其實兩個讀法都對！那只是英式讀法和美式讀法之別而已。今天國際交流頻繁，有時候連英國人也不自覺地用了美式讀法，經常接觸英式和美式英語的我們，難以區分當中的差異又何足為奇呢？就以 tomato 為例，讀 /mɑː/ 是英式讀法，讀 -may- 則是美式讀法。下面再舉一些例子：

	英式讀法	美式讀法
adult	/ˈædʌlt/	/ˈədʌlt/
aunt	/ɑːnt/	/ænt/
either	/ˈaɪðə/	/ˈiːðər/
neither	/ˈnaɪðə/	/ˈniːðər/
route	/ruːt/	/raʊt/
schedule	/ˈʃedjuːl/ 或 /ˈske-/	/ˈskedʒʊl/

　　要強調一點，口音（accent）的確有英式美式之分，但就個別單字的讀法，我認為沒有必要太計較純英式或是純美式的讀法。

　　說到這裏，要提一提 medicine 這個字。中學時我像大部分人一樣，把 medicine 讀作三個音節的 MED.i.cine，直到有一天被老師糾正，說應該讀作兩個音節的

MED.cine，我還不太相信，因為我明明在電視上聽到外國人說 MED.i.cine 啊！原來兩個音節的 /'medsən/ 是英式讀法，三個音節的 /'medəsən/ 是美式讀法。今天的英國人兩個讀音都會採用。

另外有一些字，即使在英式英語之中也有兩個讀法，例如 often。這字中的 -t- 發不發音？其實兩個讀法都有英國人採用。小時候見到一種麵包叫「士乾包」，覺得這名稱很有趣，長大後知道英文是 scone， 而 -cone 這部分，發音真的像「乾」，再後來知道原來 scone 也可和 stone 押韻，讀 /skəʊn/。

Privacy 首音節的 pri-，是跟 private 的 pri- 讀法，還是跟 privilege 的 pri- 的讀法？在英式英語中，/'prɪvəsi/ 和 /'praɪvəsi/ 兩種讀法都可接受呢，美式讀法則只有 /'praɪvəsi/。

小挑戰

Garage 有哪些讀法？

94　Miss 和 Ms 的讀音是否一樣？

　　在香港的學校裏，學生碰到女老師，經常稱呼她們為 'Missie'。日常生活中，間中也有人稱呼女士為 'Missie'，這 'Missie' 作為「香港語」的一個特色，並無所謂對錯。學生稱呼女老師，若在 Miss 後面加上對方的姓氏時，例如說 Miss Chan 和 Miss Wong，自然懂採用 Miss 的正確讀法，即 /mɪs/。

　　如果女老師已婚，便稱她 Mrs，但要注意 Mrs 的結尾字母 s 讀 /z/ 而不讀 */s/，Mrs 的正確讀法是 /'mɪsɪz/。

　　英文還有 Ms 的稱謂，這可不是 Miss 的簡寫。Ms 是不顯示婚姻狀態的稱呼，已婚或未婚的女士都可稱 Ms。但要注意，Ms 和 Miss 的讀法並不相同，不同在結尾輔音 /s/ 和 /z/，Ms 是 /mɪz/，Miss 是 /mɪs/。

　　以前在學校裏，我們也有稱女老師為 Madam 的，這稱謂現在幾乎絕跡了，除非是稱呼女警。在道地的英語對話中，假如不認識對方，或要着意表示尊重的話，也會用 Madam 這稱謂，所以家傭可以稱呼女僱主為 Madam，高級餐廳的服務員也會稱呼女顧客為 Madam。但是香港很多外傭說的都不是一本正經的 madam /'mædəm/，而是像 Ma'am 或輕聲的 Mum，這又怎麼說起呢？

　　Ma'am 讀 /mæm, mɑːm, məm/，是對女性的敬稱，尤其常用於美式英語，在英式英語中，則用來稱呼女皇陛下或社會地位高的女士，所以外傭把 Yes, ma'am 說作 /'jes məm/ 也是有道理的。

　　香港學生常把女老師稱作 'Missie'，稱男老師則是「阿 Sir」，在「香港語」中，這 Sir 會讀成粵語的第四聲，第四聲屬於低聲調。但在全英語對話中，用 Sir 來尊稱對方時，例如說 Sir, can I help you? 時，可不要用粵語的第四聲來說 Sir 啊，要用回一般重音節的聲調才對。

小知識

你也許見過 Madame 一詞，Madame 是法文，若跟法文的讀法則重音放在第二個音節，英文 Madam 源自 Madame，但法語的 Madame 只用於稱呼已婚的女士。

95　讓發音配得起品味

　　多年前有一齣賣座電影《風月俏佳人》，女主角是扮演風塵女子的 Julia Roberts，男主角是扮演商界名人的 Richard Gere。有一天，Julia Roberts 說要去逛 Versace 買衣服，她出自低下階層，只知道 Versace 是名牌，於是就說要去逛 *ver.SACE，Richard Gere 一時間聽不明白，想了一會才意會她要去的名店，但為了不使她難堪，便點頭了事。

　　牌子或名牌都是專有名詞，更有不少源自其他語文，所以連英美人士也經常讀錯。在香港我們都懂得讀 Sony 這牌子，但很多年前 Sony 剛登陸美國時，美國人會把第一個音節讀作「兒子」的 *son；又例如韓國牌子 Samsung，香港人都讀得對，但英美人士會把第二個音節 -sung 讀成像 sing 的過去分詞 *sung；美國的網上商店 Amazon，第三個音節應讀作 /-zən/ 還是 /-zɒn/ 呢，連美國人也不大清楚。

　　香港人能讀對某些牌子，例如 Chanel、Christian Dior、Miu Miu、Nike、Prada，但也有一些是明顯讀錯

的——我姑且稱之為港式讀法，典型例子是把 Hermes
讀作 */'hɜːməs/。德國運動品牌 Adidas，香港人讀 ad.DI.
das，是英語化（anglicised）的讀法，雖然一些英美人士
也這麼樣讀，但也有人認為要跟德文的讀法。又例如德
國跑車牌子 Porsche，香港人用的是單音節的讀法，英美
也有人用單音節的讀法，但也有人認為「正確」的讀法是
跟從德文的雙音節。以下的牌子，不少英美人士已採用
英語化的讀法，但有人認為是「讀錯了」，應跟從原語文
的讀法：

Cartier, Givenchy, Lamborghini, Lanvin, Louis Vuitton,
Piaget, Volkswagen, Yves Saint Laurent.

　　當然，那些還未有固定下來的英語化讀音的牌子，
如果能跟從「官方」讀法，總算是品味的顯示吧，例如把
Hermes 讀回 /eə'mes/。

　　倒有一個軟體品牌香港人由始至終都沒讀錯過，那
就是三個音節的 Adobe，反而一些英美人士會錯誤地讀
成雙音節的 */ə'dəʊb/ 呢。

小知識

在網上搜尋 how to pronounce，然後打入要找的專有名
詞，很容易找到上面提及的牌子的讀法視頻。

96 英國人會不會讀錯英文字？

香港的中小學都有外籍英語教師，他們的母語都是英語，本地的英語教師遇到不肯定的英文單字發音時，常常會請教他們。在工作期間，以英語為母語的外籍同事也是我們的求教對象。但你有沒有想過，母語人士的母語發音是不是就一定不會錯？

不妨這樣想吧，中文是我們的第一語言^(註)，但我們也不一定把每個字都讀對吧？那麼，英國人會不會讀錯英文字，答案就很明顯了。我就親耳聽過英國人把 mechanism 讀作 *me.CHAN.is.m（正確的讀法是 MECH.a.nis.m），把 debris 讀作 *DE.bris（正確的讀法沒有結尾輔音 /s/）。香港人經常把 mischievous 誤讀作 *mis.CHI.vi.ous，原來英國人也一樣呢！

不過話說回來，一般英國人都不會讀錯常用字，但是那些在日常生活中少用、少聽，多從閱讀中學到的單字，碰巧這些字的讀音又不依從串法和一般讀音規律的，問題便來了。就如上面的例子，mechanism 是較專門的術語，debris 源自法文，而 mischievous 則很少用於日常口語。

我在一個網上討論區找到一個題目，是英美人士「分享」他們曾經讀錯的字，當中不少是像 debris 一樣，源自其他歐洲語言的字，例如：

elite, ennui, fatigue, hyperbole, façade, rapport.

註：從說話的角度看，大部分香港人的母語是粵語，但為了不糾纏於當中的語言學概念，這裏用較籠統的「中文」一詞。

　　另外一些，則是他們從單字的串法推敲讀音，但卻猜錯了，例子有：

adage, albeit, awry, buoy, hiccough, infamous, omnipotent, orchid, threshold.

　　也有一些是像 mischievous，一不小心便讀作 *mischievious；看到 deprecated，便讀作 *depreciated；把 pronunciation 誤讀作 *pronounciation 的英國人也大有人在呢！

　　英國地名的讀法是另一個誤區，因為英國不少地名的讀法並不完全配合它的串法，上述討論區的英國人承認曾經讀錯、或聽過其他英國人讀錯的地名就有 Greenwich 和 Worcestershire——原來 Greenwich 的 W 不發音，Worcestershire 的讀音應像 'Worstershire'。

　　總的來說，母語是英語的人也會讀錯字，例子多來自從閱讀中學來、且較少在日常口語中用到的字。在這方面，母語人士和外語學習者的處境頗相似呢！

小挑戰

上述的討論區提過的高危誤讀還有 draught 和 paradigm，你知道這兩個字的讀音嗎？

答案：draught: /drɑːft/ paradigm: /ˈpærədaɪm/

97　美式英語怎樣分辨 pot、port 和 part？

　　你也許已注意到，美國人讀 got、hot、lot 等字和英國人讀來有分別，美國人讀 hot 聽起來有點像英國人讀 heart，讀 bought 時有點像英國人讀 bot，讀 bot 時卻有點像 /bɑːt/，這會否引致溝通上的誤會？

　　原來問題源於英式英文有 12 個單元音（monothong），但美式英文卻只有 11 個。美式英文少了哪一個元音呢？這又會否引致溝通上的誤會？

　　下面兩組字，在英式英語中代表兩個不同的元音，第一組字的韻母是 /ɒ/，第二組是 /ɔː/：

　　第一組 /ɒ/：cod, doctor, dot, got, hot, jot, knock, not, off, on, not, rod, what;

　　第二組 /ɔː/：awe, bought, caught, daughter, four, hall, jaw, law, Lord, mall, ought, Paul, pour quartz, saw, slot, tall, taught, thought, war.

　　簡單來說，/ɒ/ 較短，嘴形較張開；/ɔː/ 較長，嘴形較收細。不少香港人說英式英語時沒有把這兩個元音分清楚，讀上面的字時通通用一個介乎 /ɒ/ 和 /ɔː/ 之間的韻母──就像粵語「各、落、學、撲、鐸」的韻母，於是讀下面每一組字時，都錯誤地把兩個字讀成一樣：

bot	bought	rot	wrought
cot	caught	shot	short
not	naught	spot	sport
pot	port	tot	tort

　　至於美式英語是怎樣區分這兩個音的呢？原來美式英語沒有英式英語的 /ɔː/，美國人讀 caught、law、

Lord、ought、saw、thought 等字時，用的元音接近英式英語的 /ɒ/。

而 cod、dot、got、hot、jot 等字，英式英語是 /ɒ/，美國人通通讀成 /ɑː/！（但注意這是較短的 /ɑː/ 音。）

那麼以下每組中的兩個字，在美式英語中豈非同音？

cod	card	hot	heart
cot	cart	pot	shock
dot	dart	part	shark

理論上是會出現這情況的，但語言偏偏就是這樣奇妙——注意到上面六組字中的第二個字，結尾倒數第二個字母是甚麼嗎？對了，是字母 R。我們知道在美式英語中，字母 R 通常要發出 /r/ 音，於是乎美國人讀 cod 和 card，讀 hot 和 heart，仍是有分別的！

總括來說，在美式讀法中，pot 接近英式的 part；而 port 接近英式的 pot，但核元音帶 /r/；而 part 亦接近英式的 part，但核元音帶 /r/。習慣了這些對應規律，便不會引致誤解。

小實驗

試分別以英式英語和美式英語讀出下列各組字：

cod	card	dot	dart	pot	part
cot	cart	hot	heart	shock	shark

98　Karaoke 和 sake 應怎麼讀？

　　今天地球上不同國家的人往來頻繁，各國文字互相影響已不足為奇。今天的英文中也有不少日文字，我們在 Facebook 和 WhatsApp 的交談中幾乎不可或缺的表情符號 emoji，正正就是日文。

　　日文的單字用羅馬化（Romanization）字母表示後，固然方便了不懂日文的人，但由於不同語言有不同的語音體系，讀羅馬化串法顯示的日文單字，不一定能讀出日文原來的讀法。「卡拉 OK」進入英語世界後，karaoke 一字也進入了英文，英美人士把 karaoke 的尾音節讀成像 Nike 尾音節的 /kɪ/，香港人說英文時用上 karaoke 一字，也會讀成 /-kɪ/。但香港人知道日本清酒 sake 的尾音節是 /ke/ 而不是 */kɪ/。神戶 Kobe，英美人士會把尾音節讀 /bɪ/，神戶牛柳 Kobe beef 便讀 /'kəʊbɪ biːf/，但不少香港人知道這 Kobe 讀像 /kɒbe/。

　　同一個字母，在英文所慣常代表的元音，不一定就是日文原來的元音。英文 mango 的 man- 的核元音是 /æ/，但日本漫畫 manga 當中兩個 A 都像英文的 /ɑː/。英

文 eight、vein、weight 中 -ei- 代表核元音 /eɪ/，但日文 geisha 和 sensei 中的 'ei'，和英文的 /eɪ/ 音不盡相同，這當中的 -ei- 較接近英文的 /e/ 而不是 /eɪ/。

　　另一個顯著分別，在於單字的重音模式，英美人士讀下面的「英文字」，會把重音放在第二個音節：

emoji, kimono, sashimi, sudoku, tatami, tempura, wasabi.

但其實日文原文的讀法並沒有這樣的重音模式！

　　由於地緣親近又常互訪，香港人讀這些由日文進入英文的外來字，較英美人士有把握。例如2004年南亞海嘯，英文借用了日文 tsunami 一字，此詞 tsu- 的發音難不倒香港人，但當時大部分西方記者不懂得發 tsu- 音，便乾脆改說 *su-，tsunami 便讀成 */sʊˈnɑːmɪ/，正確的讀法是 /tsʊˈnɑːmɪ/。

　　最後一提，我們習慣了的 Tokyo 英語化讀法 /ˈtəʊkiːəʊ/，和日本人說「東京」，其實是頗不同的呢，Tokyo 中兩個 O，日文讀法接近 /ɒ/，而不是 /əʊ/！

小挑戰

試用英語化的讀音，讀出下面的單字：

haiku, judo, ninja, sushi, ramen, teppanyaki.

99　Memo 應否讀作 'meemo'？

　　在辦公室內，memo 是一個常用的字，有人讀像 'meemo'，有人把第一個音節讀 mem-，究竟哪一個對？

　　Memo 的正確讀法是 /ˈmeməʊ/，'meemo' 的讀法只宜用於港式交談。memo 源自拉丁文，今天已經完全英語化了。日常英語中不少單字原來是拉丁文，例如 agenda、alpha、appendix、beta、consensus、cursor、impromptu 等，而我們也習慣了這些單字英語化的讀音。

　　另外有一些英文字，看上去便像拉丁文，像 ad hoc、alumni、alumnus、et cetera、post mortem、pro rata、status quo 等，這些字的讀音，一般香港人還是掌握得到的。

　　但對於一些不太常用的拉丁字就要小心了，它們不一定跟從現代英文的拼音規律，而且沒有英語化的讀音，不小心讀錯了，便會貽笑大方。以下舉幾個例子：

1　alibi（不在場證據）：尾音節 -bi 讀 /baɪ/，不是 */bɪ/；

2　alma mater（母校）：mater 讀 /'mɑːtə/ 或 /'meɪ-/；

3　bona fide（真確）：讀 /ˌbəʊnə 'faɪdi/，美式讀法是 /'bəʊnə faɪd/；

4　curriculum vitae（CV）：vitae 的尾音節是 /-taɪ/，不是 */-teɪ/；

5　per diem（僱員出外公幹時的消費津貼）：per diem 中的 diem 讀 /'diːəm/。

6　per se（某事情本身）：per se 當中的 se 讀 /seɪ/；

在學術界應用的拉丁字就更多了，例如 emeritus professor（榮休教授）的 emeritus、et al（and others 的意思，用於引述作者）、honoris causa（榮譽學位）、viva voce（博士論文口試）等，這些字的讀音，在字典中還可以找得到。而法律界採用的拉丁字就更為常見了。

最後一提香港人都認識的社福機構 Caritas（明愛）。Caritas 一字有我們熟悉的英語化讀法，如果要用拉丁文讀出，把當中兩個 A 用元音 /ɑː/ 讀出便很接近了。

小知識

要找拉丁字的原來讀法，可查以下網站：
https://www.howtopronounce.com/latin/。

100　意大利咖啡是 espresso，不是 'expresso'

　　我們認識的意大利單字，和飲食有關的特別多，經過無處不在的連鎖咖啡店看看價目表，便看到不少意大利文，例如 cappuccino、latte、mocaccino（即 mocha）。走進意大利餐廳，打開餐牌，更是滿紙意大利文：

　　broccoli, carbonara, gelato, lasagna, linguine, macaroni, risotto, spaghetti, salami.

　　這些字的發音，香港人掌握得蠻不錯，但也有一些要注意一下，espresso 便是一例，英文有 express 一字，於是一不小心，便會把 espresso 讀成 *expresso。

　　Pizza 正確的讀法是 /ˈpiːtsə/，不要和 PISA (Programme for International Assessment) 混淆，PISA 讀 /ˈpiːsə/ 或 /ˈpɪsə/。

　　另一個要小心的飲食字是 minestrone（一種菜湯），不要看見前面的 mine- 便讀 *mine，看見後面的 -strone 便讀成跟 stone 押韻啊，minestrone 其實是四個音節的 /ˌmɪnəˈstrəʊni/。

　　其他要注意的字還有 bologna、ciabatta、fettuccine 和 penne。

　　和飲食無關的，而讀法已英語法的常見意大利字還有：

casino, ditto, graffiti, motto, picturesque, propaganda, replica, scenario, stanza.

　　較少用到而要留意讀音的則有：

1　crescendo（聲浪漸強）：中間的 -sc- 讀 /ʃ/，不是 */s/，全字是 /krə'ʃendəʊ/；

2　diva（著名的女歌手）：讀 /'diːvə/，前面 di- 讀 /diː-/，不讀 */daɪ/；

3　finale（最後一幕）：讀三個音節 /fɪ'nɑːli/，不要把 -nale 和英文的 male、pale 和 sale 比較；

4　forte（強項）：-te 讀 /-teɪ/，全字是 /'fɔːteɪ/，美式讀法是 /fɔːrt/；

5　viva（歡呼用的感嘆詞）：vi- 的讀法類似 diva 的 di-。

小知識

意大利首都 Rome，用意大利語讀起來就像「羅馬」，意大利文的串法亦是雙音節的 Roma。

常見發音問題詞彙表 ^(註)

註：本詞彙表包括單字、短詞和句子；其中數字代表篇章編號。

語音術語話你知

語音術語	篇章編號
元音、輔音	
元音（vowel）：聲帶振動，氣流在口腔的通路上不受到阻礙而發出的聲音。	1
1　單元音（monophthong）：發音時，舌位、唇形、開口度始終不變的元音。	38
2　雙元音（diphthong）：兩個元音聯合而成，作為一個整體出現，由第一個元音平滑地過渡到第二個元音。	38
3　核元音（peak）：音節的核心部分，通常是元音。	20
輔音（consonant）：發音時氣流通路有阻礙而形成的音。	1
1　清輔音（voiceless consonant）：發音時聲帶不振動的輔音。	27
2　濁輔音（voiced consonant）：發音時聲帶振動的輔音。	27
3　音節性輔音（syllabic consonant）：接近音節身份的輔音。	57
4　輔音連綴（consonant cluster）：一個以上的輔音的組合	7
音節	
音節（syllable）：由一個或幾個音素組成的語音單位。	2
1　音節頭（onset）：音節的起始部份。	48
2　音節尾（coda）：音節的結尾部份。	48
3　單音節（monosyllabic）：只有一個音節的。	22
4　雙音節（disyllabic）：有兩個音節的。	24
5　多音節／複音節（polysyllabic/multisyllabic）：多於一個音節。	52
6　單音節詞（monosyllable）：只有一個音節的單字。	33
7　雙音節詞（disyllable）：有兩個音節的單字。	62
8　多音節詞／複音節詞（polysyllable/multisyllable）：有兩個以上音節的單字。	6
重音	
重音 (stress)：一個單字、短語或句子中重讀的音。	43
1　重讀（stressed）：指多音節字中某些音節以較重力度讀出。	36
2　非重讀（unstressed）：相對於重讀 (stressed)，指多音節字中某些音節以較輕力度讀出。	21
3　重音模式（stress pattern）：把一個單字或一個短語裏的某個音節讀得重些、強些的發音模式。	22
4　主重音（primary stress）：一些多音節詞有多過一個重音，其中最重的重音就是主重音。	31
5　次重音（secondary stress）：多音節詞中比主重音（primary stress）較輕的重音。	31
6　強讀式（strong form）：某些單字重讀時的發音方式。	36
7　弱讀式（weak form）：某些單字在非重讀時的發音方式。	3
發音	
音	
1　近似音（approximant）：發音時兩個發音部位彼此靠近，但並不觸碰而發出的音。	44
2　噝音（sibilant）：擦音的一類，發音時氣流在窄道間摩擦，英語的 音包括 / s, z, ʃ, ʧ, ʤ, ʒ/。	15

語音術語	篇章編號
3 爆發音（plosive）：氣流通路緊閉然後突然打開而發出的輔音。	11
4 清音（voiceless sound）：發音時聲帶不振動的音。	25
5 濁音（voiced sound）：發音時聲帶振動的音。	25
6 磨擦音（fricative）：口腔通路縮小，氣流從中擠出而發出的輔音。	86
7 齒音磨擦音（dental fricative）：以舌尖觸着牙齒時所發出的磨擦音。	86

讀法

1 送氣的（aspirated）：發輔音時，有比較顯著的氣流出來。	38
2 不送氣的（unaspirated）：發輔音時，沒有顯著的氣流出來。	38
3 外加 R（Intrusive R）：在毋須採用連接 /r/ 音時因慣性而插入 /r/ 音。	20

語調

1 語調（intonation）：說話中語音高低輕重的配置，用以幫助表達意思、語氣或情感。	59
2 聲調（tone）：音節發出時的高低音。	47
3 音調（pitch）：聲音的高低，由發聲體振動頻率的高低決定。	6

語音學知識

1 英語化（anglicized）：把源自其他語言的字以英語的發音習慣讀出。	81
2 同化（assimilation）：相鄰的音彼此影響的現象。	8
3 融合同化（coalescent assimilation）：兩個相鄰的音，融合在一起產生另一個音的發音現象。	14
4 字素（grapheme）：語言書寫系統的最小有意義單位。	23
5 音素（phoneme）：一個語言中用以區別意義的最小聲音單位。	23
6 音素變體（allophone）：一個基本音素實際應用時出現的微小變化。	38
7 拼讀法（phonics）：依據字母書寫所代表的讀音而拼讀出單字發音的教學法。	23
8 拼音（Pinyin）：採用羅馬拼寫體系的漢語拼音。	23
9 拼音符號（phonetic symbol）：語音學上用以標音的符號。	76
10 標音法（transcription）：以符號把語音表示出來的方法。	38
11 標音系統（transcription system）：由某語音學家或組織製訂用以標音的一套架構。	39
12 國際音標（International Phonetic Alphabet）：國際語音協會制定的標音符號。	23
13 母語干擾（first language interference）：說外語時採用了說母語的發音模式。	55

其他

1 不發音的字母（silent letter）：在單字串法中出現但不發音的字母。	69
2 省略（elision）：在略為快速的說話中，把單字中非重讀音節的元音省去。	74
3 同音異義詞（homophone）：兩個讀音相同，但意義不同的單字；串法可能相同，也可能不相同。	40
4 同形異義詞（homograph）：兩個單字的串法相同，意義不同，讀音可能不同。	64
5 同形異音異義詞（heteronym）：兩個單字的串法相同，意義不同，讀音不同。	64

參考閱讀書目

英語語音學知識

Collins, B. & Mees, I. M. (2013). *Practical phonetics and phonology: A resource book for students (3rd ed.)*. New York: Routledge.

Cruttenden, A. (2014). *Gimson's pronunciation of English (8th ed.)*. Milton Park, Abingdon, Oxon: Routledge.

Crystal, D. (2018). *Sounds appealing: The passionate story of English pronunciation*. London: Profile Books Ltd.

Čubrović, B. & Paunovic, T. (2012). *Exploring English phonetics*. Newcastle upon Tyne, England: Cambridge Scholars Publishing.

Čubrović, B. & Paunovic, T. (2013). *Focus on English phonetics*. Newcastle upon Tyne, UK: Cambridge Scholars Publishing.

Daniel, I. O. (2011). *Introductory phonetics and phonology of English*. Newcastle upon Tyne, UK: Cambridge Scholars Publishing.

Lecumberri, M.L.G. & Maidment, J.A. (2000). *English transcription course*. London: Arnold.

Gut, U. (2009). *Introduction to English phonetics and phonology*. New York: Peter Lang.

Huang, R. (1983). *English pronunciation explained with diagrams (3rd ed.)*. Hong Kong: Hong Kong University Press.

Huang, R. (1991). *English speech training in 45 illustrated lessons (3rd ed.)*. Hong Kong: Hong Kong University Press.

International Phonetic Association. (1999). *Handbook of the International Phonetic Association: A guide to the use of the International Phonetic Alphabet*. Cambridge: Cambridge University Press.

Monroy Casas, R. (2011) & Aboleda, I. *Systems for the phonetic transcription of English: Theory and texts*. New York: Peter Lang.

Ogden, R. (2017). *An introduction to English phonetics (2nd ed.)*. Edinburgh, Scotland: Edinburgh University Press.

Roach, P. (2009). *English phonetics and phonology: A practical course (4th ed.)*. Cambridge: Cambridge University Press.

Wells, J. C. (2014). *Sounds interesting: Observations on English and general phonetics*. Cambridge: Cambridge University Press.

Wells, J. C. (2016). *Sounds fascinating: Further observations on English phonetics and phonology*. Cambridge: Cambridge University Press.

朱曉農（2010）。語音學（第 1 版）。北京：北京：商務印書館。

英語讀音字典

Jones, D. (2011). *English pronouncing dictionary (18th ed.)*. Cambridge: Cambridge University Press.

Olausson, L. & Sangster C. M. (2006). *Oxford BBC guide to pronunciation*. Oxford: Oxford University Press.

Upton, C. (2003). *Oxford Dictionary of Pronunciation for Current English*. Oxford: Oxford University Press.

Wells, J. C. (2008). *Longman pronunciation dictionary (3rd ed.)*. Harlow, England: Pearson Longman.

英語發音教學

Brown, A. (2014). *Pronunciation and phonetics: A practical guide for English language teachers*. New York: Routledge.

Carley, P. (2016). *Phonetics in English language teaching.* New York: Routledge.

Carley, P., Mees I. M. & Collins B. (2018). *English phonetics and pronunciation practice.* London: Routledge.

Celce-Murcia, M., Brinton, D. & Goodwin J. M. (1996). *Teaching pronunciation: A reference for teachers of English to speakers of other languages.* Cambridge: Cambridge University Press.

Celce-Murcia, M., Brinton, D. & Goodwin J. M. with Griner, B.D. (2010). *Teaching pronunciation: A course book and reference guide (2nd ed.).* New York: Cambridge University Press.

Janczukowicz, K. (2014). *Teaching English pronunciation at the secondary school level.* New York: Peter Lang.

Jenkins, J. (2000). *The phonology of English as an international language: New models, new norms, new goals.* Oxford: Oxford University Press.

Kelly, G. (2000). *How to teach pronunciation.* Harlow, Essex: Longman.

Laroy, C. (1995). *Pronunciation.* Oxford: Oxford University Press.

Murphy, J. (2017). *Teaching the pronunciation of English: Focus on whole courses.* Ann Arbor: University of Michigan Press.

Pennington, M. C. (1996). *Phonology in English language teaching: An international approach.* New York: Longman.

Pennington, M. C. & Rogerson-Revell, P. (2019). *English pronunciation teaching and research: Contemporary perspectives.* London: Palgrave Macmillan.

Pickering, L. (2018). *Discourse intonation: A discourse-pragmatic approach to teaching the pronunciation of English.* Ann Arbor: University of Michigan Press.

Rogerson-Revell, P. (2011). *English phonology and pronunciation teaching.* New York: Continuum.

Underhill, A. (2005). *Sound foundations: Learning and teaching pronunciation (rev. ed.).* Oxford: Macmillan Education.

Walker, R. (2010). *Teaching the pronunciation of English as a lingua franca.* Oxford: Oxford University Press.

英語發音學習資源

Baker, A. (2006). *Ship or sheep?: An intermediate pronunciation course (3rd ed.).* Cambridge: Cambridge University Press.

Brazil, D. (1994). *Pronunciation for advanced learners of English.* Cambridge: Cambridge University Press.

Hancock, M. (1995). *Pronunciation games.* Cambridge: Cambridge University Press.

Hewings, M. (1993). *Pronunciation tasks: A course for pre-intermediate learners.* Cambridge: Cambridge University Press.

Hewings, M. (2017). *English pronunciation in use — Elementary: Self-study and classroom use.* Cambridge: Cambridge University Press.

Hewings, M. (2017). *English pronunciation in use — Intermediate: Self-study and classroom use (2nd ed.).* Cambridge: Cambridge University Press.

Hewings, M. (2017). *English pronunciation in use — Advanced: Self-study and classroom use.* Cambridge: Cambridge University Press.

Smith, J. & Margolis, A. (2009) *English for academic study: pronunciation: Study book (fully rev. ed.).* Reading: Garnet Education: University of Reading.

網上資源

網上資源彙集

下列網頁收集了一系列網上的發音學習資源，可作為資源搜尋的起點：

The Education University of Hong Kong — Useful Websites for Pronunciation Teaching and Learning
http://ec-concord.ied.edu.hk/phonetics_and_phonology/wordpress/?page_id=195

The International Phonetic Association – Links on phonetics, speech, and hearing
https://www.internationalphoneticassociation.org/content/phonetics-speech-and-hearing

Busy Teacher: The 9 Best Online Resources for ESL Pronunciation Practice
https://busyteacher.org/15081-esl-pronunciation-practice-9-best-online-resources.html

在線字典

下列在線字典提供每一詞目（headword）的英式及/或美式讀音。

Oxford Learner's Dictionary
https://www.oxfordlearnersdictionaries.com/

Oxford Living Dictionaries
https://en.oxforddictionaries.com/

Cambridge Dictionary
https://dictionary.cambridge.org/

Merriam-Webster
https://www.merriam-webster.com/dictionary/

Macmillan Dictionary
https://www.macmlandictionary.com/

專有名詞線上字典

如要查找專有名詞，例如人名、地名和牌子名，可嘗試下列線上字典，讀音由各地人士提供，雖不是「權威」字典，但可作參考。

Forvo
https://forvo.com/

How to Pronounce
https://www.howtopronounce.com/

供發音學習者使用的資源

The Education University of Hong Kong: Pronunciation Resources for Learners
http://ec-concord.ied.edu.hk/phonetics_and_phonology/wordpress/?page_id=1781

The Hong Kong Polytechnic University: Centre for Independent Language Learning
https://elc.polyu.edu.hk/cill/pronunciation/

The Hong Kong Polytechnic University: English Language Centre – Sound Pronunciation
https://elc.polyu.edu.hk/sounds/index.htm

BBC Learning English: Pronunciation
http://www.bbc.co.uk/learningenglish/features/pronunciation

Standing Committee on Language Education and Research (SCOLAR)
語文教育及研究常務委員會（語常會）「英該點講」：
https://scolarhk.edb.hkedcity.net/

供教師使用的資源

Teaching English Pronunciation Skills by Adrian Underhill
http://www.macmillanenglish.com/pronunciation/

The Education University of Hong Kong: Pronunciation lesson plans and teaching materials
http://ec-concord.ied.edu.hk/phonetics_and_phonology/wordpress/?page_id=1005

標音工具（國際音標）

Phonetizer
打入普通文字（單字或整段），按 transcribe 以取得標音
https://www.phonetizer.com/ui

IPA typewriter
按自己需要打入音標
http://www2.elc.polyu.edu.hk/CILL/ipatypewriter.htm

英語發音語料庫

收藏了在港的華語和非華語人士的英語發音樣本，適合研究者使用，此網站亦收集了其他英語發音語料庫資料。

The Education University of Hong Kong: Our spoken corpora
http://ec-concord.ied.edu.hk/phonetics_and_phonology/wordpress/?page_id=2149